Course-poursuite au Luna Park

ISBN 979-10-352-0451-8

Éditrice Charline Vanderpoorte
Assistante d'édition Juliette Gaillard
Illustration de couverture Julie Escoriza
Direction artistique Florie Briand

Loi n° 49-956 du 16 juillet 1949
sur les publications destinées à la jeunesse

Cet ouvrage a été achevé d'imprimer
avec la ferme intention d'en découdre
pour le compte des éditions Thierry Magnier
par l'imprimerie Normandie Roto Impression s.a.s.
61250 Lonrai en avril 2021
N° d'impression: 2101429
Dépôt légal : mai 2021
NBJ/39604.01.54871.001
Imprimé en France

Frédéric Vinclère

Course-poursuite au Luna Park

EDITIONS THIERRY MAGNIER

Chapitre 1

Dès l'aurore, Gaston cirait les chaussures des messieurs pressés, et en ce matin de juin 1913, il se demandait où ils pouvaient tous se hâter ainsi, ce qui les motivait, ce qui les faisait avancer. Gagner plus d'argent, encore ? Lui, le seul horizon qu'il visait dès le réveil était de réunir la somme pour se payer un lit la nuit suivante chez la mère Bidoche, une tenancière d'auberge moins regardante sur la qualité de ses clients que sur la quantité de pièces en leur possession. Parfois, ils étaient quelques orphelins à faire pot commun pour dormir au sec, mais la patronne s'en fichait et pouvait même réclamer une pièce de plus par tête. Une telle situation était sans doute triste et injuste, mais Gaston en avait fait son deuil. Paris, comme toutes les autres capitales, n'était qu'une vilaine qui s'émouvait plus du bruit de la monnaie que des pleurs des enfants. D'ailleurs, le petit gars n'était en vérité pas si mécontent de son sort. Quitte à choisir, il préférait être maître de son destin plutôt que de trimer quatorze heures par jour à l'usine pour se voir ensuite confisquer son salaire, comme nombre d'enfants exploités par leurs parents. Il en connaissait quelques-uns et leur vie n'était pas jolie-jolie, pire que la sienne à bien des égards.

Être orphelin revenait à dire plus pauvre que pauvre, avec l'obligation de se montrer débrouillard, travailleur et courageux, sinon c'était la rue de nuit comme de jour, la violence et le froid en suppléments de la misère. La mort, quoi. Pas besoin de connaître les mathématiques pour choisir entre un et zéro. De ce fait, l'avenir du garçon était obscur et ses rêves sommaires : manger suffisamment et dormir tranquille.

Pour parvenir à ses fins il brossait, donc, brossait et brossait encore. Les chaussures des hommes aisés qui marchaient sur le haut du pavé pour éviter les rigoles de boue, celles des plus riches encore qui se payaient le luxe de se déplacer en calèche. Si Gaston passait ses journées à les contempler à genoux, chaque piécette gagnée était un pas de plus vers sa chambrée, un coup de dent porté au destin. Gaston était petit, malingre, mais doté d'une force intérieure plus dangereuse que la rage d'un chien. Quand on a peu, on y tient. Il ressentait un dédain profond pour ceux prêts à lâcher des sous pour avoir les souliers plus brillants que les dents. Gaston avait toujours préféré les beaux sourires aux belles godasses.

Parfois, pour ne pas virer mélancolique, il passait aussi du cirage sur ses pensées.

Mais ce vendredi matin, n'allez pas croire qu'il déprimait. Au contraire, le moral était excellent. Tellement qu'il sifflotait en travaillant, ce qui ravissait ses clients au point que trois d'entre eux lui avaient déjà glissé une piécette supplémentaire pour sa bonne volonté. Les affaires marchaient très fort, il n'arrêtait pas, contrairement à la veille où une grosse heure creuse l'avait obligé à supprimer son déjeuner. Entre deux types, il compta sa recette. Le total lui extirpa un cri de surprise qu'il étouffa aussitôt, par crainte d'attirer l'attention, avant de refourguer en vitesse sa bourse dans sa poche. Il n'était pas encore onze heures que dormir n'était déjà plus un problème ! S'il continuait ainsi, il pourrait même gagner deux nuits en une journée !

Motivé par ce total inédit, il se mit à héler les passants :

– Bonjour messieurs, venez vous faire beaux ! Allez, asseyez-vous et laissez-moi cirer vos superbes souliers ! À quoi bon avoir de bonnes chaussures si elles sont aussi crottées que mes bottes ?

Séduits par cette gouaille qui visait haut et juste, les clients affluaient plus vite que des mouches sur du crottin. À Paris, les temps étaient à la stupidité.

– Dis donc, mon p'tit, dit un homme en prenant place dans la queue, il y a foule chez toi !

– C'est pire qu'au Luna Park, acquiesça celui qui le précédait en désignant la grande enseigne du parc d'attractions, de l'autre côté de la chaussée.

– Oui, je suis verni ! Le comble pour un cireur, non ? répondit Gaston sans lever les yeux, concentré sur son ouvrage.

– Ah ah ! Il faut prendre un ticket ?

– Inutile, m'sieur. Donnez-moi une pièce et j'vous garde une place !

– Ah, tu ne manques pas de toupet, toi !

Un troisième homme arriva, venant grossir la file d'attente.

– Tiens, monsieur Blanchard, s'exclama-t-il en reconnaissant le deuxième client, comment allez-vous ?

– Monsieur Brévin, quelle bonne surprise ! Très bien et vous-même ?

– Ma foi, on ne peut mieux. Figurez-vous que je suis parvenu à obtenir des places pour le nouveau spectacle donné ce soir au Luna Park, annonça-t-il non sans fierté en désignant lui aussi l'entrée du parc.

– Non ?

– Si !

– Le fameux récital comique dont les six mille billets ont été vendus en moins d'une semaine ?

– Celui-là même. Gertrude en piaffe d'impatience, vous vous en doutez, se frisa-t-il les moustaches.

Un jour, Gaston économiserait suffisamment pour aller au spectacle, lui aussi. Mais pour l'heure, il avait d'autres priorités. Il salivait plutôt à l'idée d'un repas aussi gras que copieux. Une poularde rôtie, tiens. Ou un petit salé aux lentilles ? Il avait tellement faim qu'il suçoterait même les feuilles de laurier pour ne rien en perdre. Pendant qu'il choisissait son menu, les hommes continuaient leur bavardage :

– Six mille billets en même pas sept jours, on frôle l'hystérie ! Du jamais vu dans Paris. Ce Luna Park, quelle réussite.

– Oui, une bien belle entreprise.

– À qui le dites-vous, se permit d'intervenir Gaston qui enchaînait les souliers plus vite que les boulons n'étaient vissés dans les usines. Depuis que je me suis installé ici, pile devant l'entrée, je n'ai jamais autant travaillé. Je serai bientôt plus riche que vous !

– L'espoir fait vivre, annonça Blanchard en s'asseyant, son journal sur les genoux.

– Le samedi, songea Brévin à voix haute, tu dois voir des semelles par milliers !

– Pour sûr ! Le seul problème, c'est que le coin commence à être connu. Samedi dernier, sept cireurs, qu'on était ! S'ils commencent aussi à se pointer en semaine, je suis fichu !

Brévin pointa la hanche de Gaston du doigt.

– Si tu continues à trimballer ta richesse à la vue de tous, sûr que tu vas faire des envieux !

– Morbleu, pesta Gaston en considérant la chose.

Son pactole pesait en effet trop lourd pour sa poche mal rapiécée. La bourse pendait à demi, offerte aux paluches des larcineurs.

– Merci, m'sieur. Je l'aurais bien mauvaise de perdre mon gain.

– Pas de quoi. Je respecte les gens qui gagnent honnêtement leur vie, reprit Brévin, l'homme à la moustache frisottée, pas comme cette saleté de Fantômouche, là...

– Tenez, déclara Blanchard de derrière son journal, il y a justement un article sur lui.

– Montrez voir, se pencha Brévin.

– Fantômouche ! s'offusqua un nouveau client en prenant place. Excusez-moi, messieurs, mais vous croyez vraiment à ces sornettes ? Du baratin de journaliste pour vendre du papier, si vous voulez mon avis.

– Pas du tout, se redressa Gaston. Mon copain Corvin, qui cire du côté de la gare d'Orsay, s'est fait tirer son baluchon par ce brigand pas plus tard qu'au début du mois. Il l'a vu de ses yeux, habillé en noir des pieds à la tête et plus vif qu'un chat ! Corvin disait qu'il courait tellement vite qu'on lui aurait cru la mort aux trousses ! Et il paraît qu'on l'a vu sévir au même moment près de Montparnasse, où il complétait sa collection de montres à gousset.

Brévin corrobora d'un air las.

– Le garçon dit vrai, cher monsieur. Mon voisin et moi-même sommes de la police, nous pouvons vous affirmer qu'il y a une recrudescence de vols à la tire qui portent tous cette signature.

– Attendez, ralentit le nouveau venu qui avait soudain perdu de sa superbe, vous plaisantez ? *Fantômouche ?* Cette histoire de gamin élevé dans l'ombre de Fantômas ? Son soi-disant « disciple » ? Voyons, vous ne me ferez pas avaler ça ! Fantômas n'existe pas, ce n'est qu'un malfrat de roman inventé par Souvestre et Allain, d'aussi bons scribouillards que votre journaliste, là...

– Et pourtant... dit Blanchard en repliant son journal d'un air abattu et découvrant ses souliers propres. Merci, petit. Tiens.

Il glissa son dû à Gaston qui l'encaissa bien vite. Brévin, une fois venu son tour, s'emportait tellement qu'il empêchait Gaston de s'approcher de ses pieds.

– D'où vient l'inspiration de ces livres, d'après vous ? demanda-t-il. Je vous le donne en mille : de la rue, cher monsieur. Fantômas représente le mal, il existe donc en chacun de nous car les hommes sont capables du pire. Souvestre et Allain parviennent à sentir l'air du temps en se documentant sur des crimes réels. Ils peignent, hélas, parfaitement notre époque.

À ses mots, Gaston trembla des pieds à la tête. Bien que ce ne soit pas de son âge, il achetait en douce les histoires terrifiantes de Fantômas tous les mois pour soixante-cinq centimes. Les meurtres les plus atroces y étaient dépeints avec force précisions, ce qui avait valu à Gaston des cauchemars à se réveiller en hurlant, suivis de sales remontrances de la mère Bidoche. Le petit faisait peur aux clients de l'auberge à gueuler comme un damné. Elle ne voulait plus que ce genre de scandale se reproduise sinon il dormirait dehors. Malgré la menace, Gaston y revenait, tant chez la mère Bidoche que chez Fantômas...

Ce qu'on lisait dans ces romans serait donc de vrais actes de violence ? Gaston en trembla encore, content de ne pas avoir à dormir dehors ce soir.

– Voilà ! dit-il après un dernier coup de chiffon, comme si celui-ci pouvait aussi effacer ses mauvaises pensées.

– Combien te dois-je ? demanda le policier aux cheveux blancs.

– Trente centimes, s'il vous plaît.

À l'instant où Brévin lui donnait sa monnaie, quelqu'un cria :

– Au voleur !

Chapitre 2

Gaston sursauta, le mot voleur étant un de ceux qu'il craignait le plus dans la langue française. Il empocha prestement les centimes du policier, sortit sa bourse, en délia le cordon et…

– Au voleur ! répéta la femme, désemparée.

… glissa les pièces à l'intérieur. Ce faisant, il se redressa pour voir d'où venait l'agitation. Brévin cria « Attention ! » mais n'empêcha pas Gaston d'être percuté de plein fouet et projeté sur le trottoir. Le temps d'une seconde, il crut à une calèche ou à un sabot de cheval écrasant son sternum et se vit mort, bon pour rejoindre une tombe où personne, aucun parent ni âme aimante, ne viendrait pleurer sur son sort. Mais non, il n'en fut rien. Gaston était vivant, indemne de surcroît, les mains sur un corps svelte couché sur le sien, d'une souplesse féline et tout de noir vêtu. Il s'horrifia du masque noir de cette créature, un masque intégral aux oreilles pointues et croisa son regard lorsqu'elle prit appui sur son torse pour s'élancer à nouveau, lui coupant le souffle.

Fantômouche.

Ainsi donc la légende urbaine disait vrai !

– Au voleur ! cria la femme à nouveau.

– Au voleur ! hurla Blanchard. Attrapez-le !

– Fantômouche ! C'est Fantômouche !

À ces mots, les quelques passants pris de courage et prêts à courir à sa suite s'arrêtèrent net, inquiets de devoir affronter le Mal en personne. Le Mal qui, pendant ce temps-là, s'échappait à toutes jambes. Les deux policiers aux souliers impeccables furent les seuls à le prendre en chasse.

– Ça va, petit ? s'enquit le troisième client, celui qui niait l'existence de ce fantôme une minute auparavant.

– Oui, merci. Alors, vous y croyez maintenant ? demanda Gaston d'une voix blanche, fasciné par cette rencontre incroyable dont il contemplait la fuite.

– Je…

– Ma bourse ! hurla le garçon en palpant les poches de son gilet décousu. Ma bourse !

Fantômouche lui aurait volé le cœur qu'il n'aurait pas poussé de cri plus désespéré. Adieu poularde rôtie, petit salé aux lentilles et nuit sur un matelas de plume derrière une porte fermée à clef !

– Non. Non, ce n'est pas possible.

Il ne pouvait pas s'y résoudre. Quand Fantômouche braqua vers le trottoir roulant, la police sur ses traces, Gaston partit en courant dans leur sillage, laissant derrière lui son barda de cireur de chaussures et son client penaud qui s'offusqua :

– Mais ? Et mes chaussures ?

Gaston piétina un parterre de fleurs pour éviter les badauds qui se pressaient à l'entrée du trottoir roulant et sauta à bord de ce tapis mécanique qui valait à lui seul le détour dans le quartier. C'était une invention complètement folle qui correspondait parfaitement au quotidien des Parisiens, ces gens toujours pressés : trois kilomètres de piste qui avançait automatiquement pendant que vous-même avanciez dessus. Comment aller plus vite que vite. Les vieux avaient crié au diable en le voyant en fonction la première fois. N'y avait-il pas assez de n'importe quoi avec ces automobiles pétaradantes qui encombraient désormais les rues ? Bientôt l'humanité ferait tourner la Terre dans l'autre sens à force de la piétiner ainsi, vite, vite, vite, toujours plus vite.

Gaston, lui, adorait ce tapis, comme il aimait également les transports en commun. Ils lui donnaient l'impression d'avoir un but à atteindre, d'aller quelque part, un lieu à rejoindre. Rien de plus normal pour un garçon qui n'avait ni parents, ni foyer, ni projet. Mais cette fois, il en avait un, de but. Attraper cette silhouette noire qui détalait à toute vitesse entre les passants.

– Poussez-vous ! Mais poussez-vous, bon sang !

Le galurin des policiers était en vue, mais les oreilles de chat de Fantômouche prenaient de l'avance. Gaston joua des coudes sans ménagement pour continuer à grappiller des mètres. Hors de question de se laisser distancer ! Les enfants répondirent à ses coups, les femmes s'offensèrent des pressions sur leurs hanches, les messieurs pestaient d'être bousculés.

Il rejoignit les hommes de loi en quelques secondes, tandis que le trottoir longeait l'enceinte du Luna Park dans une courbe.

– Pardon ! Pardon ! Poussez-vous !

– Mais ? Qu'est-ce que tu fais là, toi ?

Le cireur de chaussures ne prit pas la peine de répondre à la question de Brévin, trop concentré sur sa cible. À présent qu'il s'en approchait, il pouvait entendre le mécontentement des promeneurs dérangés par Fantômouche. D'abord de la surprise puis des protestations, enfin de la colère et de la peur mélangées. De la peur, surtout. Personne n'osait lever la main sur celui que l'on reconnaissait sans l'avoir jamais vu. Au contraire, les pauvres passants rassemblaient leurs affaires, resserraient les pans de leurs habits sous leurs bras croisés comme si Fantômouche pouvait voler jusqu'aux bagues de leurs doigts.

Les cris montèrent de plus en plus, finissant par inquiéter ceux de devant qui se retournèrent. Fantômouche fut secoué par deux ou trois poignes agressives mais y échappa grâce à une pirouette qui impressionna Gaston, lui qui pataugeait derrière comme embourbé dans la marée humaine. Le voleur sauta du trottoir roulant pour atterrir sur la paroi de fausses pierres qui habillait ce coin du Luna Park, afin de masquer la hauteur de l'attraction qui se trouvait de l'autre côté. Au pied de ce mur, on ne pouvait qu'entendre les bruits de la machinerie et les cris amusés des clients installés à l'intérieur. Pour voir ce qui causait ces cris, il fallait *entrer*, et pour entrer, il fallait *payer*. Ce que, fidèle à sa réputation, Fantômouche ne semblait pas disposé à faire. Sous les exclamations de la foule fascinée, il grimpa sans doute, sans peur, comme si, se répéta Gaston, il avait la mort à sa poursuite.

– Punaise de punaise, tu ne m'échapperas pas !

Gaston s'appuya des deux mains sur la rambarde du trottoir, l'enjamba et retomba lourdement de l'autre côté. Il se releva juste à temps pour apercevoir Fantômouche aussi droit qu'un i sur la cime. L'enfant masqué se tourna vers lui, lentement, avec une lassitude ou un découragement qui se lisait dans ses gestes, si bien que Gaston crut qu'il était pris de remords et qu'il allait lui rendre sa bourse quand, soudain, se retournant vers le Luna Park, Fantômouche sursauta. Très fort, à croire qu'on venait de lui tirer dessus, si fort que Gaston en sursauta aussi. Puis Fantômouche prit son élan, inspira à s'en soulever les épaules et sauta dans le vide.

– Noooon ! hurla Gaston.

Il se rua à l'assaut de la paroi avec la certitude qu'il trouverait le cadavre de son voleur en bas, de l'autre côté.

– Arrête, lui cria Brévin depuis le trottoir. Ne fais pas ça, tu vas te tuer ! Mais reviens, bon sang !

Gaston n'écouta pas et persista dans son ascension périlleuse, inquiet pour son argent, inquiet pour l'enfant sous le masque. Il avait vu ses yeux tout à l'heure. Dedans il y avait vu...

Personne.

Gaston était parvenu au sommet.

Il n'y avait personne en bas, en tout cas personne de mort.

– Ben ça alors, murmura-t-il en découvrant l'intérieur du Luna Park.

Chapitre 3

Il avait entendu que ce parc d'attractions était grandiose, mais la réalité dépassait tout ce qu'un pauvre gosse des rues pouvait imaginer. Il en était si retourné qu'il ne s'inquiétait pas d'être perché à plusieurs mètres de haut. Devant lui s'étendait plus qu'un parc, c'était une ville, une ville enchantée avec ses rues, ses faubourgs, ses passants, sa place centrale, ses petits commerces et ses employés. L'enchantement tenait aux couleurs bien plus vives que ne l'était Paris en comparaison, et bien sûr aux manèges féeriques qui remplaçaient les immeubles anguleux.

– Ben ça alors, répéta Gaston, à court de vocabulaire.

Ahuri, il finit par remarquer les quelques personnes qui le contemplaient d'un air tout aussi ahuri, à la queue leu leu au sommet d'un escalier qui débouchait sur un plan incliné, lui-même surmonté de gigantesques lettres en bois qui composaient le nom de cette attraction : LE CHATOUILLEUR. Gaston contempla la pente à quatre mètres de lui et comprit comment Fantômouche avait fui. Les candidats montaient par l'escalier qui longeait le plan incliné et prenaient place dans des sortes de grandes tasses en bois qui glissaient, un coup à gauche, un coup à droite, contre des virgules elles aussi faites de bois. Les passagers gueulaient comme des porcs menés à l'abattoir et, vu les secousses de certaines têtes d'une virgule à l'autre, Gaston n'aurait pas été étonné que quelques-uns finissent dans le même état à la sortie. Dans une tasse aux deux tiers du chemin, il aperçut Fantômouche aux prises avec les occupants qui avaient patienté et pris leur ticket, eux. La femme criait en serrant son fils et sa fille contre elle, effrayés par cette apparition noire, tandis que le mari tentait d'évacuer l'intrus *manu militari*. Fantômouche lui décocha un coup de pied vicieux dans le ventre et l'envoya paître, tout en se faisant gracieusement déboîter la nuque au choc de la virgule suivante.

Ni une ni deux, Gaston sauta dans le Chatouilleur sans réfléchir aux mètres de vide qui le séparaient du plan incliné. Ni, et ça c'était plus idiot que dangereux, à viser une tasse pour voyager dans un minimum de confort. Résultat, il s'affala lourdement sur le pan de bois, sa troisième gamelle en moins de dix minutes, et dévala une à une les virgules en tourneboulant dans un long cri entrecoupé de hoquets à chaque fois qu'il percutait celle d'en dessous. Après plusieurs chocs, il réussit à reprendre le contrôle de son corps perclus de douleur. Pour autant, il était loin d'être sauvé : une tasse lui fonçait droit dessus.

– Aaaaaaaah !

Dans la panique, il joua à saute-mouton par-dessus les virgules de bois, au beau milieu de l'attraction. À trois rebonds du bout de la piste, il aperçut Fantômouche qui s'extirpait à coups de pied de sa tasse et filait une nouvelle fois.

– Arrêtez-le ! hurla-t-il. Arrêtez ce voleur !

Tout ce que réussit à obtenir Gaston fut de concentrer l'attention du guichetier sur lui plutôt que sur le fuyard.

– Mais arrêtez-le ! Vous voyez bien qu'il est en collant noir des pieds à la tête ! C'est un voleur, arrêtez-le !

Le guichetier se retourna, sauf que Fantômouche avait disparu entre-temps. Gaston enjamba sa dernière virgule et décampa du Chatouilleur.

– Par où est-il parti ?

– Par là, dit le guichetier qui ne comprenait pas ce qui venait de se passer, ni d'où sortaient ces gosses.

– Le Chatouilleur, tu parles d'un nom, lui grommela Gaston en repartant, les fesses meurtries et les reins en compote.

En serrant les dents, il accéléra le pas dans la direction indiquée par le guichetier, dans une allée déjà bien remplie de badauds et d'enfants chamailleurs. Le ciel était superbe, il y aurait bientôt foule et la fête battrait vite son plein. Le mini-Fantômas aurait alors tout loisir de disparaître avec son magot en direction d'une poularde rôtie. Gaston ne devait pas traîner s'il voulait remettre la main sur le brigand.

Toutefois, un grand fracas suivi de cris vint le rassurer sur la distance qui les séparait.

– Ma limonade ! hurla une fille du même ton que Gaston quand il s'était fait dépouiller.

« Fantômouche, tu es agile mais pas discret pour un sou ! »

Gaston les rejoignit en quelques enjambées, le temps pour lui de voir Fantômouche déguerpir après avoir mis un sacré gros bazar : l'étal où la fille vendait sa boisson avait volé en éclats ; les cruches brisées répandaient leur liquide précieux, goulûment avalé par le sol.

– Eugénie ? s'étonna Gaston en reconnaissant sa vieille amie, dépitée devant le drame.

À son nom, elle se retourna. Sur son visage, Gaston vit un désarroi qui devait cruellement ressembler au sien tout à l'heure. Il avait donc l'air si misérable aux yeux des passants ? La contemplation ne dura qu'un quart de seconde mais lui fit l'effet d'une gifle. Elle était sale, maigre, blonde comme un soleil froid. Une vraie journée d'hiver. Eugénie et lui se connaissaient depuis l'orphelinat, avaient partagé nombre de galères et autant de loyers chez la mère Bidoche.

– Gaston ! Tu...

– Désolé, mais je suis pressé, l'interrompit-il en la dépassant. Ce voyou vient aussi de voler ma recette. Et une belle ! Si tu m'aides à le rattraper, c'est moi qui régale ce soir.

– Mais...

– On n'a pas le temps, viens !

Sans attendre de réponse, il l'abandonna pour reprendre Fantômouche en chasse, avec de la motivation pour deux dans les jambes. Il avait l'impression qu'Eugénie le poussait dans le dos tellement il courait vite, et s'il avait songé à se retourner, il aurait remarqué que c'était d'ailleurs quasiment la vérité. Les jupes remontées aux genoux, elle avait abandonné les ruines de son petit commerce avec la ferme intention d'en découdre.

En tête de ce cortège bizarre, Fantômouche était déchaîné. Il courait au milieu de la rue dans son costume de chat, à la surprise générale. Les plus au fait de l'actualité hésitèrent sur cette apparition. Vrai méchant ou énième attraction ? Dans le doute, on surveillait ses poches et ses enfants. À l'inverse, les promeneurs qui ne lisaient pas les journaux rirent simplement de son accoutrement. Gavés de sucre, les gens étaient gras, mous, distraits. En un mot, ralentis, parce qu'ils en avaient plein les papilles et plein les pupilles, notamment à cause de la nouvelle confiserie qui faisait fureur, la *fée de fils*, qui ressemblait plutôt à la barbe des papas selon Gaston, dont la fabrication sous vos yeux, torsade colorée et parfumée, tenait lieu de parade.

Fantômouche profita de cette aubaine. Voilà un bon monsieur délesté de son portefeuille. Ici une montre à gousset arrachée en bousculant son propriétaire. Dans la pirouette, le fantôme noir aperçut Gaston et peut-être même Eugénie derrière lui. Il grimaça certainement sous son masque car il accéléra ensuite la cadence. Une dame en fit les frais, son collier de perles saisi et brisé d'un coup sec.

– Aaaah ! Oh mon Dieu ! Oh mon Dieu !

Fantômouche déguerpit en fourrant le butin dans son sac en bandoulière, sous les cris de la foule qui comprenait enfin qu'elle n'avait pas affaire à un comédien engagé par le Luna Park mais à un voleur, et le pire de tout Paris.

– Qu'est-ce qui lui prend ? s'étonna Gaston. Il est cinglé, on dirait qu'il ne se contrôle plus.

Heureusement pour Fantômouche, un attroupement boucha le trafic et lui permit de se fondre dans la population. Courbé à hauteur des genoux d'adultes, plus personne ne faisait attention à lui.

– Mince, pesta Gaston.

– Il est où, ce chat galeux ? cracha Eugénie près de son épaule.

Stupéfait, Gaston dévisagea son profil colérique. Il avait déjà entendu sa voix sous différents tons, triste, drôle, confiante, inquiète pendant leurs discussions nocturnes. Mais énervée, cette fille ressemblait à un paysage terrible que Gaston n'avait jamais connu, un bord de mer battu par les vents, une lande aux oiseaux, un parfum de tempête. Elle avait vécu quelques saisons bien rudes, elle aussi. Elle puait la rue comme lui, le fumet de la citadine *pure souche*, mais avec ce soupçon supplémentaire de nature sauvage qui impressionnait toujours le garçon.

« Ma sœur », la surnommait Gaston en secret.

– Alors ? Il est où, cet animal, que je l'enfouisse dans un sac ? Je m'en vais te le faire couiner si je lui mets la main dessus, moi, tu vas voir. Ma limonade était délicieuse et mon seul gagne-pain !

– Je ne sais pas où il est. Il court vite et il n'a peur de rien.

– Moi non plus, vu que je n'ai plus rien à perdre, martela Eugénie.

– Je ne savais pas que tu travaillais ici.

– Depuis peu, et certains jours seulement. J'ai réussi à prendre le directeur en pitié. J'espérais creuser mon trou, mais sans marchandise maintenant... Je ne sais pas comment je vais me débrouiller.

– Écoute, j'avais une belle cagnotte en cours, avant que Fantômouche ne la vole. Si tu m'aides à la récupérer, je veux bien partager avec toi.

Eugénie le considéra, effarée :

– Fantômouche ? C'était... ?

– Oui.

Elle se cracha dans la paume et signa un pacte avec le cireur en lui serrant les doigts d'une force étonnante.

– On fera la une des journaux si on l'attrape, s'enflamma-t-elle. Tu imagines la publicité pour ma limonade ? Les Parisiens se l'arracheront ! Je pourrai peut-être même m'offrir un véritable stand dans ce parc d'attractions ! Et dormir dedans, et adieu la rue !

Gaston lui rendit sa poigne d'un mouvement sec de l'avant-bras.

– Tu vas à droite, moi à gauche, et on le prend en tenaille ?

– Vendu.

Eugénie disparut, la dernière syllabe à peine prononcée.

Chapitre 4

Gaston chercha un moyen de contourner ce mur humain fasciné par le défilé d'hommes forts et de femmes-serpents. Il escalada un tonneau, puis une livrée de caisses, et atterrit sur l'auvent d'une échoppe dont il présuma de la résistance. À peine eut-il posé le pied dessus, le nez au vent pour essayer de voir où se cachait Fantômouche, que la toile craqua sous son poids. Il se rattrapa tant bien que mal sur un des pieds en bois qui soutenaient l'ensemble puis sur le deuxième qui tomba vers lui. S'agrippant de justesse à ces échasses improvisées, il cala ses semelles comme il put dans les encoignures des poteaux et bascula en avant, droit sur la foule.

– Hé ! cria quelqu'un en dessous.

Une, deux, trois mains se levèrent pour le retenir, l'empêcher de chuter et de les écraser. Débuta alors une valse que ni Gaston, ni Eugénie postée de l'autre côté, ni personne dans la foule, et encore moins Fantômouche, n'était près d'oublier. Gaston tangua de part et d'autre à grands renforts de « Oooooooooh » et de « Aaaaaaaaah », aussi secoué qu'un bateau dans la tourmente. La tête d'Eugénie allait et venait dans son champ de vision au rythme de ses oscillations et ce mouvement suffit pour associer définitivement la jeune fille à l'idée d'une tempête.

D'autres mains se hissèrent pour lui venir en aide, bienveillantes et en attente de spectacle.

– Regarde, maman, s'enthousiasma une petite de bonne famille. Un équilibriste !

– Oh oui ! répondit sa mère. C'est un numéro d'échasses. Tu as vu comme il est petit et comme il devient grand ?

Les gens lui souriaient, le prenant pour un membre du Luna Park. Gaston, contre toute logique, finit par trouver son équilibre ainsi perché. Des « oh là » et des applaudissements saluèrent sa prouesse. On lui dégagea le passage tant bien que mal et Fantômouche apparut, accroupi au milieu des jambes.

– Il est là, hurla Gaston. Eugénie, il est là ! Attrapez-le ! Quelqu'un, vite, attrapez-le ! C'est Fantômouche !

Les membres du public se regardèrent, partageant un murmure. Comme le garçon avait les mains prises, personne ne comprenait qui il désignait. Eugénie avait bondi en suivant son regard mais le voleur s'était déjà éclipsé.

– Il a déguerpi, cria-t-elle. Est-ce que tu le vois ?

– Non !

Gaston se tordit le cou dans tous les sens, s'obligeant à piétiner pour ne pas chuter de ses échasses improvisées. Un geste mal assuré le fit virevolter sur lui-même, une échasse en pivot, manquant de frapper plusieurs spectateurs avec l'autre dans l'action. Les badauds applaudirent, persuadés que cette approximation faisait partie du numéro.

– Oh ! Bravo, quel talent !

– Mais comment fait-il ? Il est si jeune ! On dirait qu'il a fait ça toute sa vie !

Gaston se stabilisa dans un tour de reins douloureux et vit des oreilles noires dans l'assistance.

– Là ! Eugénie, devant moi, sur la gauche !

La tempête blonde apparut de nulle part, prête à en découdre. Gaston ne fut pas en reste et s'élança dans leur sillage. Enfin, façon de parler. Disons qu'il fit un grand pas, puis un deuxième, gêné par sa situation rocambolesque mais néanmoins profitable pour ne pas perdre de vue le roublard.

– Tout droit, Eugénie ! Non, à droite, maintenant ! Il a viré sur ta droite. Non, à gauche, en fait. Bon, fonce tout droit, on va l'avoir. Poussez-vous, mais poussez-vous donc ! Ce n'est pas un jeu, je poursuis un voleur !

– Allons bon, s'enthousiasma un trentenaire plus glabre qu'un enfant. Les enfants du Luna Park contre Fantômouche ! Ça promet de belles manchettes de journaux demain.

Agacé, Gaston écarta l'opportun du plat du pied – de la pointe de l'échasse, pour être précis – et partit dans une cavalcade dont il ne maîtrisa rien. Il avala les mètres comme les souliers des riches pouvaient avaler le cirage. Effrayé au début, certain de se prendre une nouvelle gamelle à un moment ou à un autre, Gaston se laissa griser par la vitesse avec laquelle ses échasses le portaient.

– J'arrive, Fantômouche, cria-t-il par-dessus les têtes, attirant l'attention entière du parc, clients comme employés. Tu vas payer pour m'avoir volé ! Je suis Gaston, je suis pauvre et j'ai besoin de cet argent ! Va donc prendre aux riches ! Va prendre le gras là où il y en a trop, au lieu de me passer le couteau sous la gorge !

Des larmes embuèrent ses yeux. L'injustice le piquait autant que la privation de nourriture et de sommeil. La rue resta muette suite à sa tirade, perplexe face à l'écart entre le comique de son allure et le sérieux de son propos.

– Sûrement inspiré de l'humour anglais, jugea une femme à la tenue moderne. Il n'y a qu'eux pour oser ce genre de décalage. Ah, pauvre

France ! Encore une fois nous sommes à la traîne.

Gaston avait bien franchi trente mètres sur ses échasses de fortune, sous les applaudissements de ceux qui avaient raté le pourquoi du comment et ne le découvraient que maintenant.

– Poussez-vous ! Mais poussez-vous, vous dis-je !

– Allons quoi, jeune homme ? Où courez-vous ainsi ? voulut savoir un grand-père tout en longueur, le chapeau haut-de-forme aussi droit que son visage sévère. Laissez-nous le temps de profiter du réjouissant spectacle que vous nous offrez là !

– Mais ce n'est *pas* une animation, triple buse ! Je suis cireur de chaussures et je pourchasse un misérable tire-laine !

– Oh, oh ! Voyez-vous ça ! Mais encore ?

De rage, Gaston voulut lui filer un coup de poteau dans les genoux, mais son autre béquille glissa dans une ornière et le déséquilibra totalement. Il partit vers l'avant...

– Aaaaaaaah !

... dans un long cri qui ameuta son public, des mains se tendirent à nouveau sur lesquelles il se vautra. Les gens allaient le poser en douceur quand le voltigeur de fortune aperçut Fantômouche qui s'extirpait de la cohue et Eugénie qui lui collait aux guêtres.

– Par là, désigna-t-il à ses porteurs comme un capitaine ordonnerait de souquer ferme à ses matelots.

Gaston glissa ainsi sur des mains anonymes ravies d'être mises à contribution dans ce spectacle pour le moins extraordinaire.

– Tiens, mon gars, dit une voix sous une main qui lui tendait une pièce. Pour ton brio !

Le garçon considéra l'ensemble pièce-main-voix avec étonnement mais ne se fit pas prier pour empocher le pognon. Ce serait déjà ça de récupéré. Quand il arriva en bout de glissade, Fantômouche pénétrait de son côté dans une baraque intitulée LE GRAND HIVER, à l'entrée de laquelle des panneaux peints vantaient une visite de découverte de ce continent mystérieux qu'est l'Antarctique ainsi que des révélations sur la vie des pingouins et autres animaux polaires. Eugénie y disparut à son tour, bientôt suivie par Gaston qui avait considérablement refait son retard. Après le Chatouilleur et les échasses, il se demandait dans quoi il allait bien pouvoir se fourrer en écartant le lourd rideau bleu nuit. À l'intérieur de la baraque, il faisait sombre. Gaston ralentit aussitôt le pas, prudent. Il avança à tâtons vers la seule lumière visible et déboucha dans une petite pièce ronde au centre de laquelle trônait un grand i peint en vert. Il resta planté comme un sapin avant de comprendre.

– Morbleu, râla-t-il en dépassant l'attrape-nigauds, derrière lequel se trouvait la sortie.

À l'air libre, il manqua de percuter un jeune couple très amoureux, bras dessus bras dessous, en train de s'extasier :

– Que d'idées dans ce Luna Park, que d'idées !

– Oui ! Ils ont vraiment le sens du commerce. On se laisse mener par le bout du nez. Non seulement on paye pour se faire avoir, mais en plus on en redemande !

Chapitre 5

– Eugéniiiiiie ! appela Gaston à tue-tête, sans savoir par où aller.

– Ici ! Au Palais des Glaces !

La voix d'Eugénie venait d'une quinzaine de mètres plus avant. Elle avait beau être d'un petit gabarit, Dieu qu'elle avait du coffre. Ses paroles surpassaient le brouhaha ambiant sans forcer.

– Le Palais des Glaces ? dit Gaston en suivant la direction indiquée. Qu'est-ce que c'est encore que ce truc ?

La réponse à cette question le laissa une fois de plus abasourdi. Eugénie contournait un bâtiment à la façade entièrement vitrée qui n'était pas sans rappeler le fameux Crystal Palace installé au sud de Londres, en beaucoup plus petit, dont Gaston avait vu des photos dans le journal. L'article précisait que l'édifice comportait douze mille jets d'eau ! Inimaginable pour un gamin des rues qui ne se lavait à l'eau claire qu'une fois par semaine. Ici, rien d'aquatique, mais l'importance des surfaces vitrées suffit à lui donner le tournis. Gaston se dit que de Paris à New York, le monde n'était plus que fer, vapeur et verre.

« Morbleu, pensa-t-il, tu réagis comme les vieux devant le trottoir roulant ! »

Contrairement à l'avant, l'arrière du « Palais » n'était pas vraiment en adéquation avec cette appellation. C'était une simple baraque en bois dotée d'une porte de service et d'un marchepied brinquebalant pour toute sortie. Les demoiselles devaient bien y laisser un talon de chaussure par jour, se dit Gaston en spécialiste de la chose.

Aucune trace des deux autres, mais la porte de service bougeant encore sur ses gonds, le garçon sut par où ils étaient passés. Il pénétra dans le Palais par le même chemin, aperçut Fantômouche,

– Je te tiens, sale piqueur !

Et se prit son premier miroir dans la face.

Gaston poussa tous les jurons qu'on pouvait prononcer en moins d'une minute. Il se pinça l'arête du nez pour empêcher la douleur d'irradier plus loin. Un rire retentit, cristallin, parfaitement assorti à l'endroit où ils se trouvaient, mais il n'était pas sûr que ce soit celui d'Eugénie. Après s'être tâté le visage pour voir d'où irradiait la douleur et s'il saignait (les réponses étant partout et non), il entreprit d'avancer avec prudence.

– Eugénie ?

– Je suis là. C'est toi qui viens de t'en prendre une ?

– Ouais. De plein fouet.

– Ça t'apprendra la vie, dit-elle, sentencieuse.

– Je n'avais pas vraiment besoin qu'elle me donne une leçon. Ça fait un mal de chien ! Comment on peut être assez malade pour inventer un jeu pareil ?

– Et assez fou pour payer l'entrée ! Deux minutes que je suis enfermée ici et je ne pense qu'à sortir. J'ai l'impression d'étouffer.

– Hors de question qu'on reparte sans Fantômouche, la prévint Gaston.

– Tu me prends pour qui ? J'ai dit que je lui en mettrai une et je n'ai qu'une parole.

– T'as intérêt.

Gaston avait atteint le milieu de la structure vitrée. En tout cas c'était ce qu'il estimait, vu qu'il se sentait complètement paumé. Il s'arrêta de bouger.

– Fantômouche ? On sait que tu es là.

Comme pour acquiescer au propos, la bête noire apparut.

Mille fois ou plus.

Son image se reflétait à l'infini dans les miroirs du Palais des Glaces. Partout où il regardait, Gaston pouvait détailler son costume à loisir. C'était une tenue moulante et intégrale qui le couvrait de la pointe des fausses oreilles, de chat ou de démon, jusqu'aux orteils. Déformation professionnelle, Gaston se demanda comment les semelles étaient intégrées à l'intérieur. On ne lui voyait que la bouche et les yeux, ces pupilles qu'il avait pu observer de près tout à l'heure.

– J'ai besoin de mon argent. Rends-le-moi, s'il te plaît.

Fantômouche ne bougea pas d'un iota. Gaston se sentit idiot d'être poli. Le bourre-pif façon Eugénie était sans doute l'unique solution pour récupérer sa bourse.

– Cet argent est à moi, je l'ai gagné en travaillant dur. J'en ai besoin pour dormir, sinon je suis bon pour la rue. Tu as déjà dormi dans la rue, Fantômouche ?

La corde sensible ne sembla pas avoir plus d'effet. Il tenta quelques pas dans sa direction. Mais était-ce la bonne, après tout ? L'infâme pouvait aussi bien être dans son dos, son image simplement reproduite à l'infini. Il plongea ses yeux dans les siens avec toute l'intensité dont il était capable et tant pis si ce n'était qu'une copie qu'il fixait.

– Je sais qui tu es, asséna-t-il.

– Tu crois ? répondit enfin Fantômouche. Si c'était vrai, tu ne te demanderais pas pourquoi je t'ai volé.

– Tu m'as très bien compris. Pour le reste, explique-moi, vas-y. Je suis curieux de voir comment on peut justifier de voler un pauvre cireur de chaussures.

– Tu ne sais rien, donc.

– J'en sais un peu plus que beaucoup de Parisiens, il me semble.

– De quoi vous parlez ? voulut comprendre Eugénie. Gaston, qu'est-ce que tu mijotes ?

Gaston maugréa contre Eugénie en serrant les dents. Elle ne pouvait pas se taire un peu et profiter de leur échange pour le pister discrètement ? Ils étaient deux contre un dans un espace réduit, en voilà une chance ! Mais non, il fallait que madame se signale avec la grâce d'un éléphant dans un magasin de porcelaine.

– T'occupe. J'essaye juste de récupérer ma ferraille. Tant que je l'ai, tu fais ce que tu veux de notre ami ensuite.

– C'est pas mon ami.

– Façon de parler, Eugénie. Fais pas ta tête de mule.

– Ho, comment tu me parles, toi !

Fantômouche se décala légèrement et

disparut à demi, n'offrant plus qu'un flanc et un œil à surveiller. Gaston se concentra sur cet œil, mal à l'aise avec cette nouvelle position qui accentuait le côté spectre de son agresseur.

– Tu ne sortiras pas d'ici avant nous, dit le garçon.

Fantômouche disparut totalement à la fin de la phrase. Gaston entendit des pas de course, tourna la tête dans tous les sens pour essayer de voir quelque chose puis un gros BOUM résonna.

– Raaaaaaah punaiiiise ! se plaignit Eugénie avec énervement.

– Tu as cru que tu l'avais ?

– Oui. Mais c'était encore un de ces fichus miroirs !

– Hé, vous là-bas, fit une voix d'homme sortie de nulle part. Je ne vous reconnais pas, vous n'êtes pas passés par la caisse !

– Pardon monsieur, c'est qu'on poursuit un voleur, expliqua Gaston avec sincérité.

– Ah ! J'aurai tout entendu !

Le reflet de l'homme emplit les miroirs mille fois, comme celui de Fantômouche juste avant. Il avait davantage la taille bûcheron que vitrier et une tête qu'on ne souhaite à personne de croiser dans une rue sombre.

– Je m'en vais vous chercher et vous faire payer, moi !

– Puisque je vous dis que je n'ai pas d'argent ! On m'a volé !

– Et moi, le vilain a renversé mon étal de limonade avant que j'aie le temps de glaner trois sous !

– Mais bien sûr. Dans ce cas, vous expliquerez à la police pourquoi vous n'avez pas de quoi vous offrir le billet d'entrée.

Gaston et Eugénie tentèrent ce qu'ils purent pour déguerpir mais ils étaient pris dans un labyrinthe diablement efficace.

– Inutile de vous débattre, vous êtes faits comme des rats. Je connais le seul chemin pour sortir par cœur, puisque c'est moi qui l'ai installé. Pour fuir il faudrait me... Oumpf !

Le bruit d'un choc précéda l'exclamation étouffée de l'homme. Accroupi dans un virage, Fantômouche venait de le percuter tête la première dans l'estomac. L'adulte se plia en deux et tomba. Gaston avait vu l'attaque comme il vit l'homme rendre son déjeuner dans un bruit dégoûtant. Le fantôme noir fila en évitant le jet de vomi de peu.

– Eugénie ! Vite, il s'enfuit !

– Encore ?! Ça devient une satanée habitude ! T'es où ?

– Ici.

– C'est où, ici ?

– Mais je sais pas, suis ma voix, bon sang !

– C'est bon, c'est bon, je t'ai repéré, pas la peine de t'énerver.

– Vite, on va le perdre !

Gaston n'attendit pas Eugénie pour poursuivre Fantômouche. Cette boule de nerfs avait prouvé de quoi elle était capable, elle parviendrait à revenir dans la course, il ne se faisait pas de souci pour elle.

Le coquin ressortit par où il était venu sans se prendre une seule vitre (merci le gérant d'avoir montré le chemin) avec Gaston à ses trousses. Il s'échappa en claquant la porte. Le garçon manqua de se la prendre en plein visage. Une fois avait suffi ! Son nez s'en souvenait encore.

Devant, Fantômouche paraissait inépuisable et fonçait à grandes enjambées alors que Gaston commençait à avoir les pieds ratatinés dans ses vieux souliers rapiécés. Sa poitrine le brûlait, son galurin le faisait suer et sa gorge était plus sèche qu'un cuir mal tanné. L'idée de la limonade d'Eugénie lui donna soif. Un découragement profond l'envahit, accompagné de l'envie de s'arrêter sur-le-champ. Mais la besace de Fantômouche battait le flanc du voleur, rappelant à Gaston ce qu'il cachait dedans, son argent, le bénéfice de son labeur, et son refus de dormir dans la rue revint avec conviction. Il connaissait trop de gens qui ne s'étaient jamais réveillés d'une telle nuit.

Il se remit alors à courir à en perdre haleine.

Puis s'arrêta d'un coup sec, comme s'il s'était pris une nouvelle vitre invisible.

– Qu'est-ce que tu fiches ? s'énerva Eugénie en le dépassant dans une vague de jupons blancs et bleus. Pourquoi tu t'arrêtes ?

– Morbleu de morbleu de morbleu, répondit Gaston.

– T'es complètement zinzin, mon pauvre ! le délaissa-t-elle afin de poursuivre Fantômouche.

Gaston, tétanisé, ne pouvait plus mettre un pied devant l'autre. Il scrutait l'attraction d'en face avec un ébahissement sans fond. Là-bas, Blanchard, le policier brun à la moustache stricte dont il avait ciré les pompes un peu plus tôt, était en train de pourchasser un *deuxième Fantômouche*.

Chapitre 6

Le jeune garçon se passa une main sur le visage en se demandant s'il n'était pas en train de perdre la boule, mais il ne pouvait pas y avoir de méprise. Le premier gredin venait de fuir devant lui, à l'instant, avec la rageuse Eugénie aux fesses, tandis que le deuxième virevoltait avec la même aisance que le premier, le fonctionnaire Blanchard aux basques.

Un gros « ding » lui résonna entre les oreilles, à croire qu'il avait les cloches de Notre-Dame dans le ciboulot, quand il se rappela ce que lui-même avait dit à son client tout à l'heure : « *Mon copain Corvin, qui cire du côté de la gare d'Orsay, s'est fait tirer son baluchon par ce brigand pas plus tard qu'au début du mois. Il l'a vu de ses yeux, habillé tout en noir des pieds à la tête et plus vif qu'un chat ! Corvin disait qu'il courait tellement vite qu'on lui aurait cru la mort aux trousses ! Et il paraît qu'on l'a vu sévir au même moment près de Montparnasse, où il complétait sa collection de montres à gousset.* »

– Au même moment... Mais bien sûr !

Une partie du mystère s'expliquait. Quant à savoir pourquoi ces deux pickpockets prenaient le risque d'apparaître ensemble ici, c'était une autre histoire et il y avait plus urgent. Blanchard et sa cible disparurent à leur tour au coin de la rue. Gaston devait prévenir quelqu'un, la police, le parc, peu importe, mais il fallait faire quelque chose pour ne pas s'épuiser à courir deux lièvres à la fois, au risque de les voir tous les deux passer entre les mailles du filet. Le cireur tourna les talons et se retrouva le nez dans une matière épaisse et molle.

Une bedaine.

Recouverte d'un gilet et d'une veste marron.

– Encore toi ? dit Brévin en le dévisageant.

Gaston s'illumina en reconnaissant les cheveux blancs et la moustache frisottée du policier.

– Monsieur Brévin ! Vous tombez à pic ! J'ai...

– Oui, oui, oui, l'interrompit-il avec agacement. Ce que tu as à me dire est sûrement de la plus haute importance, mon garçon, mais vois-tu, nous sommes en pleine filature du voyou qui t'a dérobé ton trésor et je m'efforce de le récupérer.

– Justement, monsieur l'officier !

L'index en l'air, l'enfant eut un doute. Monsieur l'officier ou monsieur l'agent ? Ou encore monsieur le commissaire ? Diantre, que les politesses s'avéraient compliquées. Il détestait les statuts et les ronds de jambe. Lui n'était bien que Gaston, pourquoi les autres ne pouvaient pas simplement être Pierre, Paul ou Jacques ?

– J'ai une information capitale à vous transmettre. Figurez-vous qu'il y a en fait deux Fantômouche.

La moustache de Brévin sembla se frisotter davantage qu'elle ne l'était déjà, à croire que ce sont les problèmes qui donnent leur courbe aux poils. Les gens aux cheveux bouclés sont-ils de grands nerveux en général ? Gaston se jura d'être plus attentif à cette question à l'avenir afin de vérifier son hypothèse.

– Pardon ? dit sobrement le policier ventru malgré sa pâleur soudaine.

– Ils sont deux. Je poursuivais le premier avec Eugénie... Ah, mais je suis bête, vous ne connaissez pas Eugénie, c'est une fille qui...

– Abrège ! ordonna l'homme de loi, avec l'autorité naturelle conférée par des années d'exercice.

– Pardon. Donc on courait après le premier, qui est parti par là, quand j'ai vu votre ami Blanchard...

Ami ou collègue ? Ou subalterne ? Dieu que Gaston avait des questions plein la tête !

– ... qui courait après le deuxième. Ils viennent de disparaître au coin de la rue, là-bas, près du confiseur.

– Diable, commenta Brévin avec une voix blanche, nous voilà dans de beaux draps.

– Là-bas, voyez ! exulta Gaston, ravi de pouvoir prouver ses dires, en désignant Fantômouche deuxième du nom et son poursuivant qui escaladaient une attraction.

Parsemés dans la rue, les enfants qui assistaient à la scène en compagnie de leurs parents semblaient fascinés par cette silhouette machiavélique. Les adultes, eux, beaucoup moins. Ils avaient peur, et à raison.

– Ça explique bien des choses, en effet, déclara Brévin, désormais doublement soucieux.

– Activons-nous, m'sieur, dit Gaston en lui tirant sur la manche. Si on ne fait rien, ces gredins vont encore nous filer entre les doigts.

– On ? Nous ? s'étonna Brévin. Tu te crois de la police, petit ?

Sa condescendance énerva le cireur de chaussures.

– Oh, ça va, hein ! Je crois avoir plus à perdre que vous dans cette histoire ! Si vous ne l'attrapez pas, quoi ? Gertrude vous fera coucher dehors ? Voilà qui m'étonnerait ! Moi, par contre, la rue, j'y vais tout droit si je ne récupère pas ma monnaie. Et ce n'est pas votre pitié bien enfouie dans vos charentaises qui me réchauffera. Alors, oui : on et nous.

– Ne me prends pas par les sentiments, je te prie.

– Très bien, acquiesça Gaston avec dignité. Dans ce cas, vous m'obligez à ajouter que depuis le temps que ces deux malandrins sévissent, je suis le seul Parisien, poulaille ou pas poulaille, à avoir avancé sur le dossier. Que vous le vouliez ou non, j'en suis.

Mis devant les faits, Brévin grogna avec son air de vieux morse tout droit issu du Grand Hiver :

– Grompf...

Tandis qu'au loin, Blanchard se faisait lamentablement semer par Fantômouche deuxième du nom. Malgré son allure svelte, il n'arrivait pas à tenir le rythme tenu par le jeune voleur ni à imiter ses cascades. Le fuyard n'hésitait pas à sauter d'étal en étal, à serpenter entre les passants, à tenter de s'introduire dans les manèges sur son passage.

– Ils sont en train de mettre la pagaille, commenta Brévin. Si on ne les arrête pas, l'histoire va se répandre en ville comme une traînée de poudre et faire de nous la risée des services de police !

– Vous êtes mal, pour sûr, ajouta Gaston avec nonchalance. C'est pas Gertrude qui va vous virer, mais votre patron ! En même temps, se rattrapa-t-il en voyant Brévin imaginer le pire et ne pas se bouger davantage, vous avez là une occasion inouïe d'arrêter cette mascarade ! Intervenez, coffrez Fantômouche et à vous la gloire, l'admiration de Gertrude, de votre chef, que dis-je, une promotion, et peut-être même des places gratuites à vie pour les spectacles donnés au Luna Park !

Gaston n'était pas peu fier de son improvisation et en espéra beaucoup. Le temps filait, les Fantômouche aussi.

– Dis donc, toi. Tu ne me prendrais pas pour un incapable ? Je sais exactement ce que j'ai à faire !

« Alors qu'attendez-vous pour vous y mettre ? » pensa Gaston si fort qu'il crut que les mots étaient sortis de sa bouche.

– La priorité, c'est de fermer le parc. Il faut boucler le secteur afin que plus personne n'entre ni ne sorte sans contrôle.

– Il faudrait carrément encercler le parc,

m'sieur. Fantômouche et moi, on est entrés en escaladant le décor. Je suppose qu'ils savent sortir de la même façon.

– Alors ne perdons pas de temps, dit Brévin en activant le pas. On doit attraper ces bougres !

– Ce bougre et cette bougresse, précisa Gaston en le suivant.

Les sourcils de Brévin partirent si haut sur son front qu'ils prirent d'une façon très comique exactement la même inclinaison que sa moustache.

– Je te demande pardon ?

– Le premier Fantômouche, dit Gaston comme s'il parlait à un tout petit, celui qui m'a volé. C'est une fille.

– Comment peux-tu en être sûr ? douta Brévin.

Gaston se sentit rougir.

– Quand elle m'a percuté, tout à l'heure, vous vous souvenez ? J'ai vu ses yeux de près. C'est une fille, je vous le promets.

Brévin marqua un temps long comme un jour sans pain.

– Je crois que tu vas m'être d'une grande aide, petit. Quel est ton nom ?

– Gaston, m'sieur Brévin.

– Gaston comment ?

– Juste Gaston. J'ai été abandonné à la naissance.

Brévin fit à nouveau entendre son « grompf » qui pouvait vouloir tout et rien dire avant de l'inviter à le suivre.

– Alors viens, Gaston, dit-il en l'entraînant par l'épaule. Allons ameuter Paris. Allons fermer le Luna Park, ce repaire de brigands !

Chapitre 7

Malgré leur pas rapide, Brévin ne lâchait plus l'épaule de Gaston. Le garçon trouvait le contact de cette grosse paluche très agréable et, sous son poids, plus rien ne l'effrayait. Ni le monde, ni Fantômouche, ni l'idée d'une nuit de plus sous la lune. Gaston se demanda si c'était ainsi que vivaient les enfants qui avaient la chance de grandir auprès d'adultes aimants. Si c'était le cas, quel bol.

Lui ne connaîtrait jamais cette sensation plus longtemps. Elle durerait le temps que le policier attrape le voleur, et encore. Déjà, la poigne de Brévin se faisait plus légère à mesure qu'ils approchaient de l'entrée. Les soucis du cireur revinrent aussitôt le faire suer.

– Allons, pressons.

– Qu'est-ce que vous voulez que je fasse ?

– Tu vas sortir du parc et alerter les premiers policiers en uniforme que tu croiseras. Tu leur diras que le commissaire Brévin exige des renforts pour boucler le Luna Park, rapport au dossier 53. Ils comprendront.

– Et s'ils ne comprennent pas ?

– Alors ce sont des bons à rien qui n'ont rien à faire dans la police et qui battront bientôt le pavé comme mendiants plutôt que comme fonctionnaires !

– Et comment je fais pour revenir si l'entrée est contrôlée ?

Brévin le considéra avec connivence.

– Tu es mon assistant dans cette affaire. Je vais m'assurer de ton droit de passage. D'ailleurs, tiens.

Il extirpa une paire de menottes de sa poche de veston.

– On ne sait jamais, si tu mettais la main sur Fantômouche ! File passer le message, maintenant !

Gaston s'exécuta pendant que Brévin hélait les employés du parc. Les mots « assistant » et « droit » résonnaient à ses oreilles comme les bonbons les plus sucrés vous flattent la langue. Pour la deuxième fois de la journée et de sa vie entière, il fonçait quelque part avec un but précis. En pratique, il ne sut pas où aller une fois sur le trottoir. Il scruta la rue. Aucun uniforme à l'horizon. D'instinct, il prit à gauche.

Dès l'embranchement suivant, il rencontra deux policiers en train d'aider une vieille bourgeoise à traverser la rue.

– Avec les automobiles qui se multiplient, dit l'un, il vaut mieux être prudent.

– Ah, les automobiles, ne m'en parlez pas, s'agita la rombière. C'est une véritable invasion ! Je ne reconnais plus le Paris de ma jeunesse.

Gaston ne se fit pas prier pour les interrompre, parce que si la vieille avait été couverte de guenilles, sûr qu'elle n'aurait pas eu droit à tant de sollicitude.

– Monsieur l'agent !

– Oui, dit le premier avec politesse avant de froncer les sourcils, bouche pincée, devant la tenue du cireur. Qu'est-ce qu'il veut, le *bootblack* ?

« *Bootblack* » était l'appellation américaine de son métier. Un client venu d'outre-Atlantique le lui avait expliqué un jour, pendant que Gaston officiait avec ébahissement. Un Américain, un vrai !

Il s'étonna :

– Comment vous savez que je nettoie les chaussures ?

Le policier s'étonna de son côté qu'un simple gamin des rues connaisse l'anglais mais il n'en dit rien. Il rétorqua, toujours aussi glacial :

– Tu as les mains noires et les genoux pleins de terre. Sale comme un cireur.

– La terre n'est pas sale, m'sieur. C'est la rue qui l'est.

L'agent s'agaça :

– Si tu m'as abordé pour faire de l'esprit, prépare-toi à continuer ta démonstration au gnouf.

– Non, je viens de la part du commissaire Brévin. Il a un besoin urgent de renforts au Luna Park à propos du dossier 53.

– Le 53 ? bondit le deuxième policier en lâchant la richarde.

– Ho, en voilà des manières ! dit celle-ci, fâchée.

– Tu es sûr qu'il a dit « 53 » ?

– Oui, 53. Fantômouche.

– Comment tu sais ce que contient le dossier 53, toi ?

– Bah, Brévin me l'a dit ! Je suis avec lui sur ce coup.

– Mais...

– Le coup ? dit l'autre. Quel coup ?

– Bon, arrêtez de discuter, somma l'enfant, sinon vous allez en prendre pour votre grade ! Il veut des renforts, allez en chercher ! Moi, je retourne là-bas, on a deux Fantômouche à attraper.

– Deux ?!

– Oui. C'est une longue histoire. Faites vite !

Et, sans plus attendre, il les planta sur place, avec la satisfaction d'avoir dirigé un tête-à-tête avec un officier. D'ordinaire, les gens de son cru sont plutôt ceux qui subissent l'entrevue. Quand il raconterait ça à Corvin, son copain n'en reviendrait pas ! Eugénie non plus.

Eugénie... Eugénie !

Vite, il fallait faire vite, Gaston l'avait complètement oubliée dans la bataille, trop distrait par Fantômouche bis et trop content de pouvoir se reposer sur Brévin.

Vite, il fallait faire vite.

Aussi rapide que Fantômouche après un larcin, Gaston se rua vers la tempête.

Chapitre 8

La police se préparait donc à mettre le Luna Park sous verrou, en comptant faire bientôt subir le même sort à ceux qui terrorisaient la cité depuis des semaines. Gaston se dépêchait de rejoindre le cœur de l'action, avec la sensation étonnante de servir de rouage entre l'équipe qui tenait déjà le parc et celle qui arrivait. Le temps des quelques mètres qui le séparaient de l'entrée où Brévin, espéra-t-il, avait assuré son « droit de passage » comme promis, il réfléchit à la situation des Fantômouche. Ils – elles ? – devaient ce nom à un personnage de roman machiavélique et cruel, criminel de la pire engeance.

Alors quoi ?

Comment deux enfants auraient eu l'idée de se coudre un costume pareil et de piller la ville en plein jour ? Quelqu'un d'autre, un adulte sans aucun doute, ne tirait-il pas les ficelles dans l'ombre ?

Gaston se souvint de la réaction de la voleuse, dans le Palais des Glaces, quand il lui avait dit qu'il savait qui elle était. *Tu crois ?* Fantômouche avait réagi à la provocation et perdu de sa superbe pour la première fois. Si Gaston sous-entendait qu'il connaissait son sexe, elle avait semblé prendre la remarque autrement. Que cachait-elle de plus sous son masque que son identité ?

Une autre chose l'avait frappé : cette absence totale de peur face aux risques. Fantômouche ne semblait craindre rien ni personne. Ou était-ce l'inverse ? Peut-être ressentait-elle une trouille si abominable et si profonde que toutes les frayeurs semblaient pâles en comparaison ? Y avait-il un danger ignoré de Gaston qui planait *au-dessus* d'elle et non devant ou derrière ?

Avant de parvenir à en déduire une hypothèse, Gaston arriva devant l'entrée de la fête. Une fête désormais noire, morne et sous bonne garde. Deux policiers en faction filtraient les entrées et sorties. À l'intérieur, les gens qui souhaitaient rentrer chez eux ne le pouvaient pas ; sur le trottoir, la file d'attente s'était tarie. Les visages des uns et des autres trahissaient l'inquiétude ambiante devant ce déploiement des forces de l'ordre.

– Pardon, dit Gaston avec énergie pour se rendre jusqu'au cordon de la billetterie. Faites place ! Pardon, je suis attendu par le commissaire !

Quelques curieux exprimèrent leur incrédulité mais fermèrent bien vite leur clapet en voyant les policiers autoriser effectivement l'accès au jeune garçon :

– Monsieur Gaston, par ici s'il vous plaît.

– Merci. Monsieur Brévin m'attend-il quelque part ?

– Non, il coordonne le blocage. Il a dit qu'il comptait sur votre intervention sur le terrain.

– J'y vais immédiatement !

Mais une fois l'intention formulée, il se retrouva les bras ballants. Par où aller ?

– Excusez-moi, revint-il vers son interlocuteur, l'agent Blanchard a-t-il attrapé Fantômouche ?

– Hélas non, monsieur Gaston, répondit le policier avec déférence. Dans la précipitation, il a violemment percuté une poutre au point de perdre connaissance. Il saigne du cuir chevelu, un médecin va le prendre en charge. En attendant, le voleur s'est évaporé.

– Merci.

Ces Fantômouche étaient donc insaisissables ! Le cireur déambula en espérant tomber sur l'un d'eux par hasard, une piste ou un élément d'enquête qui pourrait le remettre sur les rails. Il refit ainsi son premier trajet au sein du Luna Park, à travers les allées qui devaient d'ordinaire respirer la joie de vivre, le sucre et la vie de famille, mais dont elles étaient dépourvues maintenant. À la place des pommes d'amour, la rumeur négative se répandait dans les bouches avec amertume.

Gaston parvint à l'étal d'Eugénie et la découvrit en train de réparer les dégâts. Elle ramassait les éclats de verre et de cruches avec lenteur, comme une vieille femme employée aux champs et abîmée par le travail.

– Eugénie !

Gaston la reconnut à peine. La crasse de ses joues était striée de larmes sèches, tandis qu'une énorme contusion rouge lui grossissait la pommette droite. Quand elle aperçut son camarade d'infortune, elle se remit à pleurer sans bruit.

– Qu'est-ce qui s'est passé ? s'inquiéta-t-il en lui posant une main sur l'épaule.

– J'ai pas réussi à l'avoir, confia-t-elle avec une colère qui lui redonna son air de tempête. Il m'a fait courir comme une damnée ! À un moment j'ai bien failli l'attraper pourtant, je le suivais le long d'une fontaine, il s'est mis à escalader le truc central et j'ai eu le temps de lui agripper la cheville, mais tu parles, ma prise n'était pas bonne, je l'ai lâchée et Fantômouche a profité que je sois déséquilibrée pour me décocher un grand coup de pied au visage. Regarde !

Elle désigna sa pommette violacée. Vu la marque, Eugénie avait eu de la chance dans son malheur : la peau aurait pu se fendre sous l'impact et la laisser salement amochée. Elle s'effondra en larmes. Le garçon la prit doucement dans ses bras.

– Ça va aller. Ça va aller.

Elle se redressa d'un coup, à nouveau en colère :

– Et toi ? Où étais-tu passé, sale lâcheur ? Pourquoi tu ne l'as pas poursuivi avec moi ?

– Pour la raison la plus abracadabrante qui soit : il y a deux Fantômouche.

Eugénie le considéra avec stupéfaction.

– Quoi ? Tu plaisantes ?

– Du tout. Quand on sortait du Palais des Glaces, j'ai vu le deuxième un peu plus loin, avec un policier à ses trousses. J'ai aussitôt fait en sorte que le parc soit bouclé.

Eugénie leva le nez pour observer la rue. Elle constata que l'ambiance générale avait bien changé, effectivement.

– Comment tu as réussi ?

– J'ai mes entrées, dit Gaston, un rien sibyllin. Toutes les issues sont désormais bloquées et le parc est encerclé. Maintenant que les Fantômouche sont coincés ici, il faut qu'on ratisse au peigne fin.

– Sans moi, merci, j'ai eu ma dose, annonça Eugénie, les paumes levées en signe d'abandon. Et puis je te souhaite bien du courage : ces salauds n'ont plus qu'à enlever leur costume et à se fondre dans la masse pour disparaître.

– Et pour leur butin ?

– Bah ! Ils n'ont qu'à le planquer dans un coin, revenir demain et l'affaire est entendue.

– Mince, ton idée se tient.

– Évidemment qu'elle se tient, cruchon. À leur place, je ferais ainsi en tout cas.

– La fontaine où tu l'as perdu, c'est par où ?

Eugénie indiqua une direction vague, comme si tout cela ne la concernait plus.

– Par là-bas. Tu ne la manqueras pas, elle n'est pas très loin d'une roulotte où il y a marqué « Divio, l'enfant sauvage de Saint-Ouen ». L'enfant sauvage, remarqua-t-elle en se touchant doucement la joue, ça tombait à point nommé.

– Merci. Je reviens te voir dès que je leur mets la main dessus !

– Ensuite on pointera chez Bidoche.

Chapitre 9

– Alors, Divio, Divio, chercha Gaston sur les façades. Une fontaine... Excusez-moi, monsieur ! Savez-vous où il y aurait une fontaine non loin ? Et une attraction sur un enfant sauvage ?

– Oui, répondit l'homme qu'il venait d'aborder, sur ta gauche, à cinquante mètres.

– Merci.

Gaston y trouva en effet l'endroit où Fantômouche avait frappé Eugénie. Son cœur se serra à l'idée de cette scène. Non content de piller les pauvres, cette fille sans foi ni loi les violentait aussi. C'était elle, la sauvage, pas ce Divio. La fontaine était magnifiquement sculptée, pleine de reliefs et de courbes. Une eau claire en jaillissait, apportant une fraîcheur bienvenue à cette heure de juin. Le soleil tapait fort, c'était une belle journée, Gaston l'avait à peine remarqué jusqu'ici. Derrière la fontaine, une estrade de bois s'étalait devant le baraquement.

« Avec un peu de chance, songea Gaston, elle s'est cachée là-dedans après le départ d'Eugénie pour reprendre des forces. »

Il fit l'innocent et continua son chemin. Une fois hors de vue, il fit promptement demi-tour pour se rendre vers l'arrière de la structure en bois. Il y découvrit une porte de service, exactement comme celle du Palais des Glaces.

– L'entrée des artistes. Gaston contre Fantômouche, acte deux !

La porte n'était pas fermée, juste entrebâillée. Il tira dessus avec mille précautions pour ne pas qu'elle grince, juste assez pour qu'il puisse y pénétrer. Il se faufila à quatre pattes en retenant son souffle, un chat poursuivant un chat. La pièce était une sorte de débarras poussiéreux rempli de bric et de broc, principalement des vêtements en tout genre. Sur deux mannequins de petite taille étaient disposés des accoutrements de poils et de plumes, destinés aux différents numéros du soi-disant Divio, comprit Gaston. Un enfant sauvage, mon œil ! Encore une mascarade, oui... Encore un enfant exploité. Gaston trouvait que la véritable sauvagerie était là.

Il glissa sur le plancher en prenant garde à ne pas s'enfoncer d'échardes, caché par les pans de tissu suspendus sur les rayons. Durant quelques secondes, il se sentit idiot au possible, car rien ne lui assurait que Fantômouche se cachait ici. Rien, jusqu'à un grand « bleng ! » qui le fit sursauter. Il se plaqua la main sur les lèvres pour retenir une exclamation.

– Punaise, Amélie ! grommela une voix féminine.

« Bingo, se dit Gaston. Je te tiens. »

Il avança la tête entre les jupons d'une robe mauve et une redingote noire rapiécée pour voir sans être vu. Dos à lui, Fantômouche se tenait à cinq mètres, accroupie, prête à bondir. Elle ramassait la tige de métal, un bout de rayonnage sûrement, qu'elle venait de faire tomber. Ce faisant, elle jetait des regards apeurés vers la rue à travers une fente assez large dans le bois de la cloison. Son costume était très impressionnant vu de près, fort bien taillé, une seconde peau noire et brillante qui avait dû horrifier ceux qu'elle dépouillait. Gaston imagina la scène, le soir dans une ruelle sombre près de la gare... Un coup à y laisser son palpitant.

Elle se tourna pour détailler l'intérieur de la baraque.

Elle avait de grands yeux dont il distinguait la couleur depuis sa position, ce vert qu'il avait vu à quelques centimètres de distance quand elle l'avait percuté. Des yeux d'animal traqué, à la recherche d'une nouvelle menace éventuelle. Si elle avait retrouvé son souffle, sa mâchoire pendait autant que son costume le lui permettait. Gaston fut ému par cette bouche ouverte, ces dents claires. Il y voyait le même air qu'ont les gosses devant les grands magasins. Du relâchement. Sous le masque il y avait *Amélie* et cette Amélie était une enfant comme Eugénie, comme lui. Il avait presque envie de lui tendre la main.

La mâchoire refermée, elle poussa un profond soupir, se mit à genoux et redressa le buste. Elle porta les mains à son cou et y fit jouer ses doigts. La peau noire se détendit sur sa peau blanche. Elle ôta son masque, en fait une sorte de capuche, et libéra sa tête dans une gerbe d'étincelles rousses. Ses cheveux étaient bouclés et longs, rien que l'on pût distinguer pourtant sous les fausses oreilles. Une cicatrice fine lui barrait la joue droite. Elle fit encore jouer ses doigts pour dégager ses épaules. Gaston ne comprit rien à cette fermeture si particulière. Amélie révéla une peau au teint plus vampire qu'humain. La pauvre ne devait jamais voir le jour autrement que comme Fantômouche.

Elle continua de se déshabiller. Gentleman, Gaston détourna son regard avant d'apercevoir ses épaules nues. Il préféra ne pas en voir davantage. Il avait beau être orphelin, il avait son éducation. Il laissa passer quelques frous-frous avant de revenir vers elle. La jeune fille avait enfilé une grossière robe de toile blanc et gris, une tenue de lavandière passe-partout très éloignée de sa mise précédente, ainsi que des chausses de cuir usé. Personne ne la reconnaîtrait. Seul point commun avec son identité précédente : sa besace, dans laquelle l'argent de Gaston gisait au milieu d'autres richesses, qu'elle s'apprêtait à remettre en bandoulière. La mirant, elle hésita. Elle fourra son costume de voleuse dedans et, comme l'avait prédit Eugénie, elle comprit qu'elle devait s'en séparer. Après un deuxième soupir lourd comme du bois, elle se releva en jurant entre ses dents. Le contraste entre sa beauté peu commune et son vocabulaire de charretier amusa le garçon.

FantômAmélieMouche fit volte-face pour chercher où cacher son butin. Elle opta pour une grosse armoire brinquebalante dont le dessous était encombré. Elle en tira une caissette de bois remplie de crasses, fourra le sac derrière et remit la caissette en place. Un coup sur le sol pour balayer les traces de frottements dans la poussière, une malle de bibelots posée devant, ni vu ni connu j't'embrouille.

Contente d'elle, un sourire en biais lui zébrant le visage et la cicatrice, elle se frotta les mains, se retourna pour sortir et hurla :

– Aaaaah !

Gaston regarda où elle regardait et vit son pied qui dépassait du rayonnage de vêtements.

– Morbleu.

Amélie fonça vers la porte et la revoilà, Fantômouche, malgré ses habits de fille ordinaire, reconnaissable entre mille avec cette foulée de géant pressé d'échapper au monde. Elle saisissait déjà la poignée quand Gaston s'emmêla dans les vêtements pour s'extirper du portant.

– Mais ! Bon sang de bois !

Il tira de toutes ses forces pour se libérer, entendit du tissu se déchirer et sentit le rayonnage s'écrouler sur lui. Il se débarrassa de l'étalage en hâte et s'en retrouva avec une fourrure passée sur le bras droit, un foulard violet sur l'épaule gauche et un grand chapeau à plumes de paon dressées sur la tête. Quand il ressortit et s'élança dans la rue du Luna Park, des passants tranquilles sursautèrent en le voyant s'agiter.

– L'enfant sauvage, s'écria une femme sous une ombrelle. Mon Dieu, Jean-Paul, c'est l'enfant sauvage ! Il est en liberté !

Gaston lui répondit de toutes ses forces en courant :

– C'est pas moi, c'est elle, je vous jure !

Chapitre 10

Gaston se débarrassa des étoffes qui l'encombraient tout en essayant de ne pas perdre Fantômouche de vue. Elle déguerpissait tellement vite qu'il aurait été plus facile de chasser un renard ou un feu follet. D'autant que désormais, elle pouvait parcourir les rues à loisir, sans risquer d'être prise à partie par un citoyen courageux ou un des policiers qui sillonnaient le parc. Certes il y avait peu de monde à galoper comme elle ou Gaston dans les environs, mais personne n'irait arrêter deux gamins en train de s'amuser dans un tel lieu. Les policiers traquaient une bête noire au physique d'enfant, pas Mlle Tout-le-monde. Gaston en fut conscient et s'époumona :

– Arrêtez-la ! Arrêtez cette fille, c'est Fantômouche !

Mais le temps que les gens se retournent, la brindille avait disparu au coin de la rue. Gaston ragea sans s'arrêter. Il ne manquait rien qu'un coup de main pour que ce cirque s'arrête. Le pire, c'était la nervosité ambiante. La rumeur devait commencer à se répandre que le parc était fermé, les usagers devaient tourner comme des lions en cage en attendant d'être libérés, alors pourquoi ne faisaient-ils pas le lien quand Gaston criait au loup ? Au lieu de ça, ils sursautaient plus que des moutons égarés dans les alpages et se tordaient le cou pour voir d'où venait le vent.

« Moi, se promit-il, je ne serai jamais un mouton ! »

La phrase le fit penser à Eugénie. Où était-elle à cette minute ? Souffrait-elle encore ? Gaston se sentait plein d'affection pour elle, et ne voulait que lui apporter le réconfort que lui-même n'avait jamais eu, une épaule sur laquelle s'abandonner de temps en temps. Devant lui, entre les chapeaux des messieurs et de ces dames, la chevelure ardente réapparut brièvement. Gaston en ressentit une décharge électrique. L'homme chauve à la large moustache se trouva à nouveau sur son chemin.

– Hé, petit ! Où cours-tu encore ? Tu as le diable aux trousses ?

– Non, il est devant !

L'homme articula une phrase dont le sens se perdit. Gaston n'en avait que pour sa proie, qu'il rattrapait enfin.

« Quelques mètres, encore quelques mètres ! »

Quatre mètres à peine les séparaient, si près qu'il pouvait sentir sa chaleur dans son sillage. Un point de côté déchirant dans le flanc, il allait tendre la main pour la saisir quand un coup de sifflet assourdissant lui vrilla les tympans. Une clameur de protestation s'éleva puis un cri, puis deux. Gaston vit une ombre passer au-dessus de lui. Il leva les yeux une seconde pour voir de quoi il s'agissait et aperçut Fantômouche, encore lui, en plein vol plané.

Il en percuta quelqu'un, tituba, perdit le fil de sa course et découvrit que ce Fantômouche était bien plus *grand* qu'Amélie ou que celui qu'il avait vu avec Blanchard. Ce troisième lascar atterrit en catastrophe mais se releva d'une simple roulade, aussi à l'aise que ses comparses.

« Morbleu de morbleu de morbleu. Ils sont donc trois ! »

Cirque... Roulade... L'esprit de Gaston fusa. Des enfants du cirque ? Était-ce ça leur secret ? Il n'eut pas le temps d'y songer davantage. Ce nouveau Fantômouche s'évapora aussi vite qu'il était apparu, poursuivi par deux policiers qui s'époumonaient dans leur sifflet. Gaston revint vers Amélie, sa Fantômouche, qui en avait évidemment profité pour prendre de l'avance. Une inspiration nouvelle lui vint :

– Amélie ! cria-t-il. Amélie, attends-moi.

Et avant d'avoir fini sa phrase, il repartit. En face, la silhouette rousse eut un geste brusque d'étonnement et se retourna. Leurs regards se croisèrent au milieu de la rue pour la troisième fois de la journée et Gaston la contempla enfin de face, sans masque ni cachotterie.

– Je t'ai dit que je sais qui tu es, Amélie !

Le monde sembla tourner au ralenti à cette seconde. Gaston se ruait vers cette inconnue et il vit de l'effroi sur son visage. Cette fille avait *peur*. Toute la journée le garçon avait été saisi par cette impression, celle d'un Fantômouche fuyant quelqu'un ou quelque chose.

– Je peux t'aider, Amélie ! Je sais que tu as peur et je veux t'aider. La preuve : je sais où tu as laissé mon argent, je pourrais aller le récupérer, mais je m'en fiche.

À mesure que les mots s'envolaient de ses lèvres, il savait qu'ils étaient sincères. Gaston ne courait plus après son gain, mais après cette fille terrifiée. Elle lui était semblable, d'une manière qu'il ne comprenait guère, et il était plus curieux d'elle qu'il ne l'avait jamais été de qui que ce soit.

Un voile passa sur le visage d'Amélie, de la colère, de la déception ou de la résolution, il ne sut trop, mais une chose fut sûre, c'est qu'elle refusa sa main tendue. Dans une cascade de boucles rousses, elle reprit sa fuite. Gaston étouffa un juron aussi fleuri que ceux qu'elle avait prononcés dans la baraque. Son corps commençait à lui faire regretter cette journée de grand n'importe quoi. La dernière accélération avait laissé des traces. Les pieds en compote, un couteau entre les côtes, il n'allait plus tenir très longtemps à ce rythme. Résolu à en finir, il dépensa ce qui lui restait d'énergie.

– Amélie ! Amélie !

La fille dut entendre qu'il se rapprochait dangereusement. Elle obliqua sans crier gare dans une rue perpendiculaire, plus large et encore plus bondée de monde, qui les mena droit vers une gigantesque roue mécanique d'au moins cent mètres de haut et ponctuée de petites cabines où grimpaient des Parisiens en quête de sensations. Gaston se serait bien extasié devant l'énormité de cette construction, mais Amélie ne lui en laissa guère l'opportunité, à slalomer dans la foule avec sa grâce de pickpocket. Gaston se sentait lourdaud en comparaison, un rase-mottes qui passait son temps à observer les pieds des autres plutôt qu'à utiliser les siens.

– Amélie ! Mais qu'est-ce que tu fuis, au juste ?

Si elle ne répondit pas, elle ralentit son allure. Gaston se rapprocha d'elle au pied de la grande roue. Il pouvait voir ses épaules qui jouaient en fonction de son souffle, ample et douloureux. Elle était aussi éreintée que lui. Arrivé à sa hauteur, il n'osa pas la fixer et lui dit juste :

– Enfin… Enfin tu t'arrêtes.

– Ne me parle pas, lui asséna-t-elle avec froideur.

Cette fois, il la dévisagea. Elle était un peu plus grande que lui.

– Je te parle… si je veux, s'entêta-t-il.

– Arrête, je te dis.

Il avança une main vers elle.

– Je veux t'aider.

– Ne me touche pas !

Il leva la deuxième, paumes brandies en signe de paix.

– Tu as peur. Dis-moi ce qu…

– LAISSE-MOI !

Elle lui décocha un grand coup de pied dans le ventre qui plia Gaston en deux, puis détala vers la grande roue. Hors-la-loi jusqu'au bout, elle contourna le guichet avec l'audace des habitués. Gaston la suivit en espérant ne pas se faire prendre, certain de foncer vers les problèmes mais incapable de s'en empêcher. Cette fille, cette Amélie, cette Fantômouche, était le plus grand mystère qu'il eût rencontré de sa vie.

En bas de la grande roue, les passagers montaient dans les cabines au signal du surveillant, qui s'assurait de bien fermer chacune d'entre elles et les secouait pour vérifier leur solidité. La roue tournait ensuite de quelques mètres pour engloutir les usagers suivants.

Amélie hésita une seconde devant le balancement mécanique, vit que Gaston la poursuivait encore et s'élança vers l'attraction qui avait fini d'avaler de nouveaux clients et repartait à l'assaut du ciel parisien.

– Non, tu es folle ! l'avertit Gaston.

Trop tard. Amélie percuta la cabine en s'y agrippant du bout des doigts, se tira à la force des bras et fit hurler les occupants. Ignorant son propre avertissement, Gaston fit la même chose qu'elle, comme aimanté. Il sauta sur la cabine suivante.

– Mais tu vas me laisser, oui ! cria Amélie.

Entre les secousses et les cris, le surveillant se rendit compte de ce qui se passait. Gaston, qui lui tournait le dos, ne vit pas que l'homme ordonna de couper le moteur au moment où il s'apprêtait à sauter vers la cabine d'Amélie. La secousse lui fit perdre l'équilibre et le projeta en avant.

– Aaaaah !

– Non !

Gaston se rattrapa de justesse. Dans la seconde, il sentit une main qui lui agrippait l'avant-bras.

– Je te tiens, dit Amélie fermement. Ce serait bête d'avoir réussi à tenir sur des échasses et de tomber maintenant !

Un grondement métallique retentit. La roue bascula dans l'autre sens. En bas, le surveillant les attendait de pied ferme.

– À trois, je te lâche et on déguerpit.

– Je t'interdis de t'enfuir ! Il faut qu'on parle.

Il lui agrippa le poignet en retour. Le manège se rapprochait du sol. Amélie avoua :

– T'es vraiment à ta place, toi, ici. Plus collant qu'une guimauve.

Et avant qu'il ne puisse rétorquer :

– T'es prêt ? Un ! Deux ! Trois !

Chapitre 11

– Pouce ! Pouce !

Gaston s'effondra contre une palissade en bois mal dégrossi. Il sentait encore la pression de ses doigts sur son avant-bras. Elle s'accroupit à ses côtés, toujours aux aguets, pas totalement sereine.

– Raaaah... J'ai couru assez pour toute ma vie, je crois.

– T'en as de la chance, répondit-elle avec son air de mystère. Je dois courir comme ça tous les jours, moi.

Si Gaston avait compris depuis un moment que son secret se terrait là, il trouvait encourageant qu'elle en parle d'elle-même. Il n'y avait plus qu'à creuser :

– Tu veux dire que tu ne peux pas faire autrement ?

Elle éluda d'une main lasse.

– Peu importe. Ce ne sont pas tes affaires. Je t'ai sauvé, tu me dois une faveur. Arrête de me poursuivre. Laisse-moi disparaître.

– Hors de question, répondit-il avec un entêtement sans fard. Qui te force à courir ?

Amélie le fusilla du regard. Gaston joua la carte de l'humour :

– Je suis ta guimauve, je te rappelle !

Et tandis qu'elle osait un sourire, il se fit plus collant que jamais : il attrapa sa main, y fit glisser le métal froid des menottes confiées par Brévin et, « clic-clac », Amélie fut sa prisonnière, l'autre moitié étant verrouillée sur son propre poignet. Agir ainsi désola Gaston, surtout au moment où elle se laissait enfin aller, mais il sentait que la situation l'exigeait.

– Non ! s'exclama Amélie, mi-panique mi-colère, en agitant son avant-bras pour tenter de se libérer. Qu'est-ce que tu as fait ? Tu n'as pas le droit !

– Si, j'ai le droit ! C'est le commissaire Brévin qui m'a donné ses men...

Fantômouche reprit le dessus. Elle attrapa le garçon par le col et se figea nez à nez contre lui dans une menace rousse :

– Où est la clef ?

– Ici, dit Gaston en tendant une petite tige de métal de sa main libre.

– Donne-la-moi, ordonna Amélie en tentant de s'en emparer d'un geste brusque qui les secoua tous les deux.

Gaston percuta plus vite qu'elle : il ouvrit la bouche, tira la langue et goba la clef en manquant de s'étouffer avec. Amélie se décomposa avec horreur.

– Non ! Non, non, non !

Elle leva la main comme pour s'apprêter à fouiller entre ses dents, hésita, la laissa en suspens.

– Pourquoi est-ce que tu t'acharnes contre moi ? Qu'est-ce que je t'ai fait ? Qu'est-ce que tu me veux ?

Elle lui bourra la poitrine de son poing libre à mesure qu'elle le blâmait. Elle s'effondra en même temps, à croire que la priver de liberté revenait à lui ôter la vie.

– Amélie, voyons, la soutint Gaston, qu'est-ce qui se passe ? Qu'est-ce qui te met dans cet état ?

– Faut que tu me libères, ne cessait-elle de répéter, faut que tu me libères... C'est urgent, faut que tu me libères !

Il commença presque à regretter d'avoir avalé cette clef.

– Pourquoi est-ce urgent ? la sonda-t-il. Qu'est-ce qui est si pressé ?

Amélie glissait dans ses bras, jusqu'à tomber à genoux où elle pleura chaque larme de son corps. La culpabilité rongeait maintenant Gaston comme la neige attaque les souliers.

– Tiens, prends mon mouchoir. Alors, qu'y a-t-il ? Tu peux tout me dire.

– Pourquoi je ferais ça ? T'es qui pour que je te fasse confiance ?

– On ne se connaît pas, c'est vrai. Tu m'as volé, je t'ai voulu du mal, ce qui fait de nous des ennemis. Mais je crois que je ne t'ai pas poursuivie que pour récupérer mon argent. Ce matin, quand tu m'as renversé, j'ai lu quelque chose dans tes yeux. Ce qui cause tes pleurs. Tu as un secret dont tu n'arrives pas à te défaire seule.

Amélie le scruta avec une intensité qui rappela à Gaston ses pires nuits glaciales sur les pavés de Paris.

– Est-ce que tu as déjà tué quelqu'un ?

La question le désarçonna. Oui, il y avait de la nuit parisienne dans ces grands yeux.

– Non, jamais, dit-il en sachant que c'était la mauvaise réponse.

Effectivement, Amélie sombra dans le désarroi.

– Alors tu ne peux pas m'aider.

– Pourquoi cela ? Ce secret qui te pèse, c'est quelqu'un qu'il faudrait tuer ?

Amélie tergiversa, zieuta les environs, se moucha. Puis elle avoua dans un murmure enrhumé :

– Oui.

– Qui ?

– Celui qui nous dirige.

Les jambes de Gaston flanchèrent. *Fantômas*. Le roi du crime. Le dieu des masques. Le meurtrier en chef. Le pire assassin qui soit. Celui qui poignarde, tranche, taillade, frappe, pille et tue. Dans la dernière de ses histoires, l'abominable avait enfoncé un tison rougi au feu dans le gosier d'un banquier récalcitrant. L'homme était mort dans d'atroces et vaines souffrances : le butin revint à Fantômas, comme la victoire. Elle lui revient toujours, il est inutile de lutter.

– Et on ne peut pas le tuer, dit sombrement Amélie en écho.

– Pourquoi ?

– Oh, comme tu me fatigues avec tes questions ! Parce qu'il nous tient en laisse, voilà pourquoi ! Il a les moyens de nous forcer à obéir, tous autant que nous sommes. Dans le Palais des Glaces, tout à l'heure, tu disais savoir qui je suis. Si tu le savais vraiment, tu n'aurais pas besoin d'être aussi curieux.

– Je...

Gaston regrettait amèrement ses paroles. Quand il les avait prononcées, il savait simplement qu'elle était une fille et n'avait rien voulu dire d'autre. Il était loin de s'attendre au récit qui se cachait derrière elle, ni même d'avoir une occasion de l'entendre.

– Je suis une orpheline comme toi, déroula Amélie. Je suis belge, je viens de Bruxelles et j'ai une petite sœur de cinq ans. À la mort de nos parents, une famille allait nous accueillir. Sauf qu'une nuit, à l'orphelinat où nous étions en attendant, on nous a enlevées. Depuis, nous sommes à son service. Enfin, *je* suis à son service sinon il tuera Annette.

– *Enlevées ?*

– Oui. Quand ils sont venus nous chercher, c'était comme s'ils avaient les clefs du bâtiment et les autorisations nécessaires. Rien ni personne n'aurait pu les arrêter. On était de simples objets trimballés d'un point à un autre.

– Fantômas vous a enlevées ?

Amélie fronça les sourcils, mécontente.

– Qu'est-ce que c'est que vos histoires de Fantômas et de Fantômouche, à la fin ? Il s'appelle Richard et pas autrement. Vous êtes bizarres, les Français !

Gaston se mordit la joue. Évidemment que Fantômas n'était qu'une histoire...

– C'est un personnage de roman. Un monstre. Je crois que ton Richard s'en est inspiré pour fiche la trouille à Paris et qu'il a très bien réussi son coup.

– Ce n'est pas mon Richard !

– Façon de parler, pardon. Et depuis qu'il vous a enlevées, il vous oblige à voler ?

– Oui, lui et ses hommes. Ça dure depuis des mois. Ce sont de vrais tortionnaires. Si on ne ramène pas assez, ils...

Sa voix s'étrangla. Voilà la peur et la mort qu'elle avait fuies toute la journée. La peur de Richard, la mort d'Annette. Gaston songea aux enfants qui travaillaient à l'usine. Aux dernières nouvelles, il paraissait que les grands patrons avaient eu l'idée d'installer des bottes en fer fixées au sol devant les plans de travail. Après des heures et des heures de boulot, le gamin qui avait le malheur de s'écrouler de fatigue se cisaillait les genoux ou les mollets sur le rebord. De quoi vous réveiller direct. Des tortionnaires du bon côté de la loi et du bon côté de l'argent.

– Alors tu vois, reprit Amélie après s'être remouchée, si tu ne peux pas tuer un homme capable de voler des enfants, tu ne peux rien pour moi.

– Je ne suis pas un tueur, c'est sûr. Mais je parie que je peux quand même t'aider, insista Gaston.

– T'es le garçon le plus têtu que j'aie jamais rencontré.

– C'est ici que Richard vous donne rendez-vous ?

Amélie mit une seconde à décrocher de ses yeux (elle dut cligner des paupières) pour revenir vers la conversation.

– Heu... Oui. Comment tu le sais ?

– Trois Fantômouche au même endroit, au même moment, alors que Paris est si vaste, pas besoin d'être allé à l'école pour comprendre ! Viens, dit-il en lui prenant la main avec douceur.

– On va où, encore ?

– Voir Brévin, le chef des poulets.

Amélie tira la menotte en arrière. Le métal racla douloureusement la peau sur l'os de Gaston.

– Non, pas la police !

– Aïe, arrête, tu me fais mal ! Tu ne peux pas continuer à vivre en ayant peur. Tu vas finir cinglée à être sur le qui-vive en permanence.

– Je ne suis pas cinglée, protesta Amélie.

Gaston leva les yeux au ciel. Si la faire avancer était aussi difficile que de l'attraper, il n'était pas sorti de l'auberge.

– Ce n'est pas ce que j'ai dit. Je te conseillais juste de relâcher la pression. La vie n'est pas remplie que d'ennemis.

Pour la millième fois en dix minutes, Amélie le considéra avec une intensité qui lui fila des frissons. Il s'attendit à ce qu'elle se jette à son cou de gratitude, comme dans les histoires. Même pas, la bougresse. Elle restait là, chancelante, paniquée, des trémolos au bord des paupières. Gaston soupira et fit ce qu'il avait toujours voulu qu'on lui fasse dans les pires instants. Il se pencha et l'enlaça doucement. Une fois que leurs mains et leur cou trouvèrent leur place, il la serra de plus en plus fort pour la rassurer, à moins que ce ne soit l'inverse.

– Ça va aller, je te promets. Ensemble, on va s'occuper de ce Richard. Y en a marre qu'on nous vole.

Quand ils se séparèrent, une boucle rousse resta suspendue entre eux, coincée derrière l'oreille de Gaston. Ils en rirent.

– La fille qui était avec toi dans le Palais des Glaces. Qui est-ce ?

– Eugénie ? Ma meilleure amie. Presque une sœur pour moi.

Amélie grimaça.

– Je lui ai donné un gros coup de talon dans le visage tout à l'heure…

– Je sais, elle m'a montré. Elle râle beaucoup, mais elle a un bon fond. Même si tu lui as fait mal, elle saura te pardonner.

Chapitre 12

– Oui. Oui, oui, oui, oui, oui !

Amélie dut promettre au moins mille fois de ne pas s'échapper avant que le policier accepte de la détacher grâce au double de la clef. Gaston et Brévin l'obligèrent encore à répéter, mais pas pour les mêmes raisons. Brévin tenait sa coupable et Gaston une nouvelle camarade.

– Je suis d'accord pour vous aider.

– Elle ne sera pas condamnée, quand même ? s'offusqua le cireur de chaussures. Ce serait dégueulasse ! C'est Richard le sale type ! Il l'a forcée à voler sous la menace !

– Ce sera à la Justice d'en décider, mon gars.

Phrase qui laissa Gaston incrédule.

– Alors nous voilà bien, parce que la Justice est toujours du côté des riches.

– Ne dis pas de sottises ! Le droit est le même pour chaque Français. Nous sommes égaux devant un tribunal et c'est pour cela qu'on l'appelle la Justice, parce que c'est *juste*.

– Vous avez intérêt à avoir raison, Brévin. Sinon je fais passer votre description à tous mes copains *bootblack* et je vous promets les pires godasses de Paname. Sûr que ça refroidira Gertrude pour sortir.

Brévin observa l'enfant avec application. La menace semblait bien réelle.

– Je te jure d'appuyer moi-même le dossier de ton amie.

– Et de leur trouver une famille d'accueil, à elle et sa sœur Annette.

– Entendu.

– Et pour toi ? ajouta Amélie. Tu es aussi un orphelin à la rue.

– Je peux aussi m'en charger, acquiesça Brévin.

Gaston haussa les épaules. Le sujet paraissant délicat, Brévin para au plus urgent et s'adressa à Amélie :

– Ta sœur, où est-elle ?

– Au cachot.

– Au cachot ? Mais on n'est plus au Moyen Âge !

– C'est ainsi que Richard appelle les pièces où lui et ses complices enferment les plus petits.

– D'accord, je vois. Il vous tient tous par le même chantage.

– Oui.

Brévin jura encore, mais d'une façon moins belle à entendre.

– Il est temps de mettre fin à cette histoire. Ensemble, nous allons élaborer un plan. Dépêchons car les clients commencent à devenir nerveux.

– Combien êtes-vous au total ? demanda Gaston à Amélie.

– Cinq, lui dit-elle, mais on ne sort jamais en même temps. Richard préfère nous avoir à l'œil.

On était trois à partir en chasse ce matin. Il nous a réveillés vers trois heures. Il nous a lâchés ensuite dans Paris avec des quartiers précis à sillonner. On devait se rejoindre à midi sous les chutes d'eau, indiqua-t-elle d'un geste.

Elle désignait une direction vague. « Sûrement une attraction, se dit Gaston. »

– Comment vous avez fait jusque-là pour ne pas vous faire prendre ?

– Les toits, les égouts, n'importe quel moyen est bon. Au début on sortait surtout la nuit, c'était facile. On ramenait des petites fortunes, Richard y a pris goût. C'est là que c'est devenu dangereux, quand il s'est persuadé qu'on pouvait faire aussi bien de jour.

– C'est pour ça que tu avais l'air paniquée quand tu m'as percuté ? Tu fuyais quelqu'un ?

– Non. J'étais en retard et je n'avais pas mon compte. Si on rate le rendez-vous ou si on revient sans assez d'argent, Richard prive les petits de nourriture pour la journée.

Gaston se souvint de sa voracité et de son urgence, la façon dont elle lui avait pris sa bourse, dont elle avait arraché un collier de perles.

– Quel monstre !

– Je ne comprends pas, avoua Brévin avec une ride de lion entre les yeux. Vous ne passiez pas par l'entrée principale, n'est-ce pas ?

– Bien sûr que non.

Le visage de Brévin exprima l'idiotie et l'impuissance.

– Et donc ?...

– Comment pensez-vous que les deux autres Fantômouche sont arrivés dans le parc ?

– Notre barrage à l'entrée est complètement inutile pour vous autres.

– Je ne vous le fais pas dire. On a forcé des portes dont vous n'avez pas idée, pénétré dans des appartements par les fenêtres du dixième étage. Alors ici, le Luna Park, fit-elle avec un geste dédaigneux, on s'y promène comme on veut.

– Vous avez des alliés parmi les employés ?

– Aucun. On est seuls. Mais Richard nous entraîne dur. Escalade, souplesse, vitesse, celui qui ne suit pas le rythme se prend des coups. J'ai déjà vu Joseph, par exemple, escalader à mains nues la façade d'un immeuble de sept étages.

– Joseph, c'est le grand de tout à l'heure ?

– Oui. Lui, il est responsable de son frère et de sa sœur. Pour la peine, il est de sortie deux fois plus souvent.

– J'ai vu deux de vos hommes le pourchasser, précisa Gaston à Brévin.

– À l'heure qu'il est, embraya celui-ci, il serait encore dans le parc, ton Joseph ?

– C'est pas *mon* Joseph, contesta d'abord Amélie. Peut-être que oui, peut-être que non, répondit-elle ensuite. Tout dépend s'il a réussi à rejoindre Richard ou pas. Avec le bordel que vous avez mis... Que *tu* as mis, dit-elle en pointant Gaston, notre organisation est chamboulée.

– Pourquoi vous donner rendez-vous ici ? Pourquoi ne pas rentrer directement à votre quartier général ?

– « Quartier général », tu me fais rire avec tes grands mots, toi ! Si tu voyais comme c'est miteux là-bas... On ne revient jamais directement au cachot, au cas où l'un de nous serait suivi. Richard a prévu des points de ralliement pour chaque quartier, dans lesquels il nous donne rendez-vous. Hier, c'était un atelier abandonné. Aujourd'hui, c'était ici. Demain...

Demain, Amélie n'avait pas l'air de savoir de quoi serait fait ce jour.

– Je suppose que vous vous changez avant de le rejoindre ? avança Brévin.

– Oui, m'sieur. On a une tenue civile dans notre besace.

La ride était revenue sur le front du policier.

– Richard, il se déplace comme vous ?

Amélie éclata de rire.

– Vous rigolez ? Il a la bedaine des gens bien nés ! Il ne doit même pas arriver à se lever seul de table !

Sa phrase à peine terminée, son visage se décomposa. Gaston fit le lien :

– Tu penses qu'il est toujours là, lui ?

– Si l'entrée est fermée, obligé, souffla Amélie. Et je le connais : il préférerait dormir sur son fric que de partir sans.

– Il est fait comme un rat, décréta Brévin, fier comme un coq. Où devais-tu le retrouver, déjà ?

– Aux chutes, sous la rampe.

– Bien. On va se charger de ce Richard. Amélie, je vais te confier aux bons soins de mes adjoints, dit Brévin en faisant signe à deux policiers d'approcher.

– Mais...

– Ça ne souffre pas de discussion !

– Mais...

– Suffit ! Tu es notre informatrice, je dois te mettre à l'abri. Je m'occupe du vrai coupable. Annette sera avec toi avant le coucher du soleil.

Cette dernière phrase apaisa la captive, alors qu'elle passait d'un geôlier à un autre, les mains libres et de son plein gré.

– Je retourne à la baraque pour récupérer mon argent et je reviens, lui dit Gaston en deuxième assurance. Je dois aussi retrouver Eugénie pour prendre de ses nouvelles. Tu l'as salement amochée tout à l'heure.

– Pardon, s'excusa Amélie, penaude. Je ne savais pas qui elle était, ni que j'allais la revoir. Je lui présenterai mes excuses.

– Merci encore de nous avoir aidés, déclara Brévin à Amélie d'un air solennel. Sans toi...

– C'est pas à moi qu'il faut dire merci, le coupa-t-elle, mais à l'autre pot de colle, là !

– Oui, heu, bon. Merci à vous deux, voilà. D'ailleurs, Gaston, ça me fait penser qu'un homme te cherchait tout à l'heure.

– Un homme ? Qui ?

– Un chauve avec une grosse moustache noire.

Gaston mit le temps d'une respiration à trouver de qui il parlait. Le monsieur qu'il avait déjà croisé plusieurs fois aujourd'hui.

– Ah oui, je vois ! Qu'est-ce qu'il voulait ?

– Aucune idée. Tiens, récupère tes menottes. Souvenir de ta première arrestation en tant qu'assistant de police. À tout à l'heure.

Brévin leur tourna le dos, les policiers emmenèrent Amélie. Gaston se sentit très las d'un coup. Son estomac gargouilla, autant à cause de la faim que de la clef avalée. Il n'avait aucune idée de l'heure qu'il était, mais on était certainement plus proche du dîner que du déjeuner. Il rebroussa chemin d'un pas lent, les jambes lourdes, et apprécia de pouvoir enfin marcher à son rythme, sans parler de remettre de l'ordre dans ses idées. La journée avait été riche en émotions et ce n'était certainement pas fini.

Il croisa Eugénie qui revenait vers l'entrée du parc en tirant la petite carriole qui lui tenait office d'étal. Sa joue tuméfiée virait au bleu foncé.

– Où vas-tu ?

– Je n'ai plus rien à vendre. Qu'est-ce que tu veux que je fasse encore ici ?

– Le parc est fermé, tu ne vas pas pouvoir sortir.

Eugénie désigna le ciel.

– On est déjà dehors, Gaston. Attendre la nuit sur le trottoir ou à l'entrée du parc, quelle différence ?

– J'ai attrapé Fantômouche, dit-il pour essayer de la réconforter.

L'information la dérida légèrement, moins que Gaston ne l'avait espéré.

– Comment tu as fait ?

– Je l'ai poursuivie depuis l'attraction de l'enfant sauvage jusque dans la grande roue. Là-bas j'ai failli tomber, elle m'a rattrapé et je lui ai passé les menottes. Pour faire court.

Eugénie le dévisagea cette fois avec ahurissement.

– Tu plaisantes ?

– Non. Pourquoi ?

Comme Gaston n'avait pas l'air de comprendre, elle lâcha sa carriole et lui expliqua les choses de la même manière que la mère Bidoche leur rappelait le règlement :

– *Elle ?* Fantômouche est une fille et tu m'annonces ça comme si tu venais d'acheter du pain ? Ensuite tu me racontes que tu attrapes les méchants en haut des manèges, au péril de ta vie, et tu me l'annonces sans façon, tranquille. Tu réalises ? T'es plus Fantômouche que Fantômouche.

– Peut-être, blêmit-il au souvenir du risque qu'il avait effectivement pris. Je ne m'en suis pas rendu compte sur le coup. Mais en quoi est-ce important que ce soit un garçon ou une fille sous le costume ?

Eugénie haussa les épaules, sa joue intacte plissée par un discret petit sourire.

– L'idée qu'une fille ait pu faire courir autant de policiers et un cireur de chaussures me plaît bien. Vous jouez toujours les cadors, vous les garçons, mais avoue qu'elle t'a mis la misère. D'ailleurs, tu lui as repris ton argent ?

– Pas encore. J'y vais, là.

– Ah ! Donc j'avais raison pour la planque ! Elle est maligne si elle pense comme moi.

– Je te rejoins à l'entrée du parc dans dix minutes ? Ce soir, je t'offre le dîner et le coucher.

– Te voilà soudain plein aux as ! Qu'est-ce que tu caches ?

– J'ai un commissaire qui me mange dans la main, je te signale. Grâce à moi, il vient de résoudre une belle affaire. J'espère qu'il va me récompenser en conséquence ! Tu sais, ma journée avait bien commencé, mais je crois qu'après quelques péripéties elle va encore mieux se terminer.

Eugénie n'en revint pas :

– T'es ni un garçon ni Fantômouche, en fait. T'es une tempête.

Le commentaire fit éclater de rire Gaston.

– Tu sais que c'est exactement ce que je pense de toi aussi ?

– Tu parles. Avec la gueule que j'ai, je ressemble à *après* une tempête.

– Va voir le commissaire Brévin de ma part et demande qu'on t'apporte un linge humide. Ça te fera du bien. Dix minutes, d'accord ?

Chapitre 13

Gaston revint à la baraque de l'enfant sauvage avec la hâte d'en finir. Si lui était plus détendu, la tension avait désormais gagné l'ensemble du Luna Park. On pouvait la sentir rien qu'en se promenant, à écouter la rumeur :

– Les policiers bloquent l'accès. Personne n'entre, personne ne sort !

– Il paraît qu'il y a des voleurs dans les attractions. Surveille bien tes bijoux.

– J'ai entendu qu'ils cherchaient un meurtrier.

– Fantômas est dans la place ! N'importe lequel d'entre nous peut mourir d'un instant à l'autre !

Gaston observa la foule bigarrée composée de femmes désœuvrées, d'ouvriers fatigués qui n'avaient dû penser qu'à cette heure de liberté au Luna Park, jour après jour dans leur atelier, et de papas aisés, enflés, aussi fiers de leur ventre que de leurs marmots, sans parler de ces fameux enfants, bien sûr, qui piaillaient d'impatience. Malgré leur nervosité, ou peut-être pour l'oublier, les gens faisaient la queue aux accès des attractions, progressant à petits pas les uns derrière les autres comme des pingouins se serrent pour se réchauffer. Gaston enviait leur insouciance. « Combien coûte donc un tour de manège ? » se demanda-t-il en réalisant qu'il ne le savait même pas, alors qu'il venait d'écumer le parc en long, en large et en travers. Eugénie avait raison. À poursuivre son voleur, il était devenu plus Fantômouche que Fantômouche : il avait fraudé à toutes les entrées ! Si bien que c'est avec une certaine culpabilité qu'il alla récupérer son magot alors que cet argent, il l'avait gagné à la sueur de son front et aux ampoules de ses mains.

La porte arrière de la baraque était toujours libre d'accès.

– Y a quelqu'un ?

Un silence contrastant avec le bruit extérieur lui répondit que non.

Le sac était là, sous l'armoire, tel qu'Amélie l'y avait laissé. Il l'ouvrit. Son costume recouvrait son trésor, ce que Gaston prit pour un avertissement. Il ne toucherait à rien avant d'avoir remis cette preuve à Brévin. Il savait exactement combien il avait gagné ce matin, il n'y aurait pas d'entourloupe. Rassuré, Gaston ressortit avec un soupir de satisfaction. Il avait récupéré son argent, avait de quoi les loger lui, et sa sœur de malheur, et rencontré une nouvelle amie. Une bien belle journée, comme il n'en avait eu depuis longtemps. Il repartit tranquille, l'âme légère, décidé à profiter du soleil jusqu'à son coucher. Mais il n'eut pas fait cent pas à découvert qu'un choc terrible le propulsa dans le décor. La rue s'agita.

– Écartez-vous ou je vous étripe tous ! hurla une voix rageuse tandis que Gaston se remettait d'aplomb.

Des bruits de pas parvinrent à sa hauteur. Un coup de pied vicieux lui bourra les côtes. Le tranchant d'un couteau glissa sous sa gorge. Gaston fit face à un visage brun qui avait dû être taillé dans un morceau de bois sec : un menton pointu, un nez à l'arête saillante, la peau tendue sur des pommettes sèches et des joues creuses.

– Où as-tu eu ce sac ? dit son agresseur en le brandissant.

– C'est... celui d'Amélie !

Le prénom finit d'énerver l'inconnu, qui ne pouvait qu'être Joseph. Sa silhouette ne collait pas du tout à la description de Richard, mais parfaitement à celle du troisième Fantômouche.

– Qu'est-ce que tu lui as fait ? vociféra-t-il, nerveux et inquiet. Où est-elle ?

– Avec la police.

– Quoi ? Je ne te crois pas !

Pourtant, sa poigne s'était relâchée de surprise.

– Comment expliques-tu que j'aie son sac, sinon ? argumenta Gaston. J'ai réussi à l'attraper et à la menotter. À l'heure qu'il est, elle emmène les flics cueillir Richard.

L'agresseur recula, passa de l'inquiétude à la panique.

– Non. Non, ce n'est pas possible. Vous ne savez pas de quoi il est capable !

Il s'élança avec à la main le sac et l'argent de Gaston.

– Ah non, c'est pas possible, dit celui-ci en écho. Ça va pas recommencer !

Il se releva, les côtes en feu. Joseph détalait avec la même urgence qu'Amélie, cette panique liée au sort de ceux que l'on aime. Il courait vite. Gaston dut puiser dans ses dernières forces pour le suivre. Hors de question qu'il ait sillonné le Luna Park pour rien ! Il se remit en chasse en le hélant :

– Joseph ! Reviens ! Il n'y a plus rien à craindre !

Il avait beau chercher à le rassurer, au fond il n'était pas sûr de ce qu'il avançait. D'après le récit d'Amélie, Richard était un sale type de la pire espèce et la réaction de Joseph venait confirmer ses dires. Gaston pouvait-il être certain que l'arrestation se déroule comme prévu ? Et si Brévin était tombé dans un traquenard ? L'angoisse lui saisit les tripes comme la mère Bidoche serrait les cols des mauvais payeurs, si bien qu'il accéléra le pas en faisant fi de la douleur. Joseph bifurqua brutalement vers une sorte de grand kiosque semi-fermé. Il avait exactement les mêmes techniques qu'Amélie pour échapper au danger : miser sur la foule et les espaces complexes.

– Mais morbleu de morbleu, Joseph, vas-tu m'écouter à la fin !

Le Fantômouche démasqué arriva à hauteur du guichet de la Roulette humaine, l'attraction située dans le kiosque. De grands éclats de rire s'en échappaient et la file d'attente n'était que sourires, excepté quelques mimiques d'écœurement. Malgré des stratagèmes similaires, Gaston eut ici l'occasion de vérifier que Joseph n'avait pas du tout le même style qu'Amélie. Si les deux étaient portés par le désespoir de ceux qui n'ont plus rien et dotés d'une souplesse acquise à coups de badine, Joseph était beaucoup plus frontal que sa comparse. Lui ne s'embarrassait pas de discrétion et agissait comme un fou. À visage découvert, il grilla la queue, hurla sur le guichetier et ses clients et s'empara de la monnaie déposée entre eux.

– Hé ! l'interpella le responsable du stand après coup. Hééééé, répéta-t-il quand Gaston passa juste après.

Ils pénétrèrent dans un très grand kiosque à musique paré de rouge et de doré, de tentures et de peintures, avec des miroirs disposés de part et d'autre de manière à renvoyer les lumières sur les dorures et à en mettre plein les mirettes au public. Un gigantesque disque de bois y tournoyait de guingois sur un pivot, ponctué çà et là d'excroissances qui ressemblaient à des verrues, auxquelles s'accrochaient des mains malmenées sur cette roulette humaine. Le but du jeu était aussi drôle que stupide : tenir le plus longtemps possible, jusqu'à vomir s'il le fallait. Et on ne comprenait l'intérêt des jeux de lumière qu'une fois que l'on s'était déclaré comme victime volontaire. Tout était calculé, de l'inclinaison du disque à celles des miroirs, pour vous faire rendre votre déjeuner en moins de temps qu'il ne vous avait fallu pour l'avaler.

N'ayant rien vu de la chose, donc, c'est avec une grande innocence portée par une immense colère que Joseph fonça vers le centre de la piste pour fausser compagnie à ce voleur de voleur. C'est tout aussi innocent et colérique que Gaston se rua sur lui comme un chat sur une souris. D'un bond et d'un cri, le cireur sauta sur le dos de sa cible avec la volonté ferme de mettre un terme à ce cycle infernal.

Grand mal lui en prit pour les raisons évoquées ci-avant, mais aussi parce que le disque était à ce moment précis lancé à pleine vitesse. Si les deux garnements avaient considéré la roulette avant d'y foncer tête baissée, ils auraient remarqué le tapis dégoûtant qui s'étendait alentour, que l'on tentait pourtant de nettoyer à grands seaux d'eau régulièrement, et les candidats malheureux dispersés un peu plus loin, propulsés à l'extérieur du disque par sa vitesse.

Gaston s'écrasa sur Joseph qui s'écrasa sur le disque et s'y agrippa comme il put. Le coude du deuxième vint faire craquer le nez du premier. Le cireur lâcha prise en hurlant, partit à la renverse et se cogna violemment l'arrière du crâne contre une des verrues de la roulette humaine. Le bruit atroce effraya les spectateurs, au moins autant que la vue du garçon éjecté aussi vite que la flèche d'un arc pour se retrouver planté droit comme un i vert au milieu de l'assemblée. Là, une bosse terrible sur le front, les yeux révulsés, le nez ensanglanté, il dégobilla une bile épaisse et jaunâtre, signe d'un estomac qui n'avait pas rencontré de nourriture depuis la veille. Il s'effondra dans la poussière comme on meurt d'un duel, sèchement, avec raideur et droiture désarticulée. La plus grande partie de la foule, qui n'avait pas tout vu de son état, applaudit son échec à tout rompre.

Pendant ce temps-là, Joseph tournait encore, rivé à sa verrue plus fort qu'il ne l'avait fait sur aucun bijou de matrone. Combien de minutes resta-t-il ainsi perché, terrorisé par la vitesse de l'engin qui ne ralentissait jamais, il n'aurait su le dire. Il tournait et tournait encore quand Gaston se réveilla dans la fange pour se découvrir assorti au kiosque de la roulette, à savoir couvert de rouge et de jaune. La douleur titanesque qui rebondissait dans son crâne lui fit craindre d'avoir la tête complètement vide. Il ne supporta ni le bruit ni les odeurs, et dut fuir par la première sortie. Parvenu à l'air libre, il aspira goulûment l'oxygène frais puis s'assit par terre pour se requinquer. Du kiosque monta un grand « oh là » avant que n'en sorte un Joseph plus verdi que la campagne en été. Il rota et vomit longtemps, courbé en deux, les mains sur les genoux, le sac toujours en bandoulière, avant de s'effondrer à côté de Gaston. Les deux braves s'octroyèrent un repos forcé.

Le crâne de Gaston n'étant pas commotionné, mais peu s'en fallut, il se remit debout avant Joseph. Il tituba jusqu'au voleur pour le voler à son tour, ce qui représentait un véritable tour de force si l'on considérait que Gaston était le seul Parisien, pour ne pas dire le seul Français, à être capable de dépouiller et de faire arrêter Fantômouche deux fois dans la même demi-journée. Il lui posa un pied sur les côtes afin de le clouer au sol, souleva son bras inerte et récupéra son sac qui semblait peser une tonne après tous ces efforts.

Très diminué, le garçon ne réussit pas à aller bien loin. Ses oreilles bourdonnaient, des taches noires dansaient devant ses yeux comme une nuée de mouches. Il fit halte sur le rebord d'une attraction aquatique. Une main dans l'eau et l'autre serrée sur la besace, le clapotis et la fraîcheur l'apaisèrent à tel point qu'il y plongea finalement la tête entière, sauf que l'heure de se reposer n'était pas encore arrivée.

Deux secondes plus tard, en effet, un ramdam pas possible se mit à résonner aussi fort qu'une locomotive lancée à vive allure et, dans la troisième seconde, se fut tout le bassin qui vibrait avant qu'une grosse vague, (une *vague* ? À *Paris* ?) ne l'asperge et le laisse dégoulinant de la tête aux pieds. Dans un petit radeau de fortune, six passagers venaient de dévaler la piste de la Water Chute à plus de cent kilomètres-heure.

Gaston n'en pouvait plus de cette journée interminable.

Chapitre 14

Trempé, sonné et fourbu, Gaston jugea qu'il avait eu sa dose d'aventure pour le reste de sa vie et repartit d'un pas spongieux vers l'entrée. Il fit, quoi, cinquante mètres ? avant qu'une main ne s'abatte sur son épaule, celle où pendait la besace.

« Oh non, pitié, songea-t-il, abattu. Quoi encore ? »

L'odeur de vomi le renseigna vite. Joseph venait littéralement de lui remettre la main dessus.

– Rends-moi ce sac, ordonna-t-il d'une haleine nauséabonde.

– Comment tu m'as retrouvé ? répondit Gaston en évitant de froncer son nez à moitié cassé.

– J'ai suivi les traces d'eau. Rends-moi ce sac.

– Son contenu ne t'appartient pas.

– Il ne t'appartient pas non plus !

– Figure-toi que si, en partie. Amélie m'a volé, c'est pour cette raison que je lui ai couru après.

– Ne fais pas d'histoires, maugréa Joseph, à bout de forces.

– Dommage, il y a de quoi faire un super roman : *Gaston contre la bande des Fantômouche* !

– Arrête de faire le malin !

Joseph tira sur la bride du sac.

– Et toi, arrête de croire qu'obéir vous protégera de Richard ! Ce type vous aurait saignés jusqu'à la mort, la vôtre ou celle des petits !

L'évocation rendit Joseph fou de rage. Il tira si fort que la bandoulière de la besace craqua. Surpris l'un comme l'autre, ils regardèrent le sac s'envoler...

... et atterrir sur un siège libre, derrière une femme au chapeau jaune, dans le pire manège qui soit : un wagon du Scenic Railway, un petit train sur rails lancé à grande vitesse vers des hauteurs et des courbes qui repoussaient les lois de la physique.

– Non... Non non non !

Cette fois ce fut Gaston qui décocha un coup de pied sévère dans l'estomac de Joseph déjà pourtant bien en peine. Plié en deux sous l'effet de la douleur, le pauvre vit des étincelles recouvrir le monde. Gaston profita de son impuissance pour le menotter à la main courante qui délimitait l'attraction de la rue.

– Raaaaa, libère-moi, s'énerva Joseph en reprenant ses esprits. Libère-moi !

Ses menottes tintèrent contre le métal. Gaston le laissa ainsi, abandonné à son triste sort et, comme quelques heures auparavant, se retrouva à escalader une fausse paroi en imitation pierres, avec la crainte que l'ensemble composé de papier mâché souple cède sous son poids. Devant lui s'étendait une des plus grandes folies du Luna Park. Les rues de Paris vantaient la terreur de ce manège connu sous le surnom de montagnes russes, alors qu'il ressemblait à un décor de Far West. Le monde n'était plus à une contradiction près. Arrivé au sommet de la paroi, par contre, la rafale d'air que Gaston se prit en pleine figure lui donna la sensation de frôler le passage d'un train. Si la grande roue escaladée par Amélie atteignait au moins les cent mètres de diamètre, offrant ainsi une vue imprenable sur la capitale, le Scenic n'en comptait qu'une trentaine environ en dénivelé, mais auxquels il fallait ajouter une vitesse phénoménale. Sensations garanties.

Un autre convoi de chariots déboula peu après le premier dans un tonnerre de tous les diables qui fit brinquebaler la structure en bois. Les passagers hurlaient, riaient, se masquaient le visage. Personne ne vit le jeune garçon penché sur le rebord. Au virage suivant, l'attelage descendit en gagnant encore en accélération. Gaston, lui, ne comptait pas les kilomètres-heure mais le nombre de wagons à visiter. La main en visière, il cherchait la dame au chapeau jaune.

– Morbleu de morbleu de morbleu de morbleu de morbleu, mais où est-elle ?

Sur la piste, Gaston pouvait apercevoir trois jeux de chariots dispersés à plus ou moins égales distances. Il put inspecter les deux premiers en détail mais seulement l'arrière du troisième qui disparut derrière le décor. En bas, un très jeune enfant cria :

– Maman, Papa, regardez là-haut ! C'est lui, c'est le garçon aux échasses ! Vous avez vu où il est ? C'est un fou volant !

Une partie de l'attroupement centré sur le spectacle des montagnes russes dévia son attention vers celui qui ne semblait craindre ni le vertige ni la proximité des rails. Parmi eux, quelques-uns commencèrent aussi à se poser des questions à propos du grand échalas brun menotté à la barrière et qui quémandait d'être libéré.

Gaston, concentré sur sa chasse, enjamba le parcours métallique comme s'il s'agissait d'un vulgaire caniveau de Pigalle, se faufila entre les travées, découvrit l'envers du décor où l'univers n'était plus que poutres et étais, et ressortit de l'autre côté comme s'il avait rejoint la Californie d'un pas de géant. D'en bas, on prenait le cireur pour un funambule. De son point de vue, il n'était qu'un gamin harassé et perdu, aux côtes douloureuses et au souffle court, qui ne réclamait pas le monde, que les miettes qui lui étaient dues.

– Là ! s'enthousiasma-t-il d'un coup, en repérant le wagon coupable.

Sur le plancher des vaches, quelques spectateurs se prenaient au jeu. Une poignée l'avait suivi en faisant le tour du manège pendant que lui le traversait. La dame au chapeau jaune devint le pompon à attraper. Son wagon défila au ras de la rue avant de remonter sur la droite du garçon, qui sauta de fausse pierre en fausse pierre sans plus s'inquiéter de leur résistance pour atteindre son but. La dame fut secouée deux ou trois fois au point de devoir retenir son fameux chapeau avant de risquer le coup du lapin dans un creux brusque de cinq mètres. Gaston vit sa nuque partir en arrière et crissa des dents en craignant que son précieux sac ne s'envole derrière. Le wagon grimpa et chuta ainsi à plusieurs reprises, à des allures variables. Gaston faisait son maximum pour ne pas le perdre de vue et choisir le meilleur moment où sauter dedans. Il trouva l'occasion quand le parcours se calma. Après une remontée dans un virage, la vitesse décrut et le wagon entama quelques mètres à plat vers une cascade d'eau glauque installée en escalier, avec pour unique sensation quelques gouttes qui firent crier les occupants de surprise. Gaston n'hésita pas : il courut la distance qui le séparait du chapeau jaune, se prit une douche sous la chute d'eau et bondit dans le wagon tête la première, ravivant au passage la douleur de sa bosse.

– Ouille !

– Mais ! Qu'est-ce que vous faites là ? brama l'homme qui occupait le siège suivant.

Gaston se tordit le cou pour lui montrer la besace de Fantômouche.

– Je viens récupérer ceciiiiiiiiiiiiiiii !

Le Scenic Railway vrombit en dévalant vingt mètres à pic, laissant Gaston ballotté et écrasé au fond de son wagon. Quand le tour fut terminé et qu'ils revinrent à l'entrée, Gaston fusa de son chariot à la surprise du guichetier à qui il revenait normalement de détacher les clients.

– C'était pas mal mais ça donne envie de faire pipi, votre truc ! lui dit-il pour se justifier.

Contre lui, il serrait la besace avec toute la force dont il était encore capable.

Chapitre 15

Quand il rejoignit enfin l'entrée, Gaston n'y voyait plus très clair.

Malgré sa faiblesse, il constata que le troupeau de Parisiens agglutinés contre le portail du Luna Park avançait à petits pas. Il les dépassa pour se rendre vers le cordon de sécurité, où un brigadier lui fit signe d'arrêter. Un de ses collègues intervint aussitôt :

– Laisse. C'est monsieur Gaston. Un indicateur spécial du commissaire Brévin.

Du fond de son état second, l'indicateur indiqua son dos du pouce.

– Le troisième Fantômouche est menotté au Scenic Railway. Vous pouvez aller le cueillir, mais faites attention au vomi. Le deuxième court toujours, par contre. Je vous laisse vous en charger, moi j'en peux plus.

Les deux hommes furent stupéfaits mais ne posèrent aucune question. On ne parlait que de « monsieur Gaston » depuis une heure, ils commençaient à comprendre pourquoi.

– Vous trouverez M. le commissaire dans le guichet d'entrée.

– Merci, dit le cireur.

Brévin avait installé ses bureaux dans le petit local qui jouxtait la caisse du Luna Park. Gaston y retrouva le profil brun de Blanchard et celui plus sel que poivre de Brévin, mais surtout la blondeur sale d'Eugénie et la rousseur vivifiante d'Amélie. Rien qu'à voir ces deux dernières, Gaston retrouvait déjà des couleurs.

– Je n'ai pas besoin de faire les présentations, on dirait ?

– Si, se permit Brévin. Gaston, dit-il en s'écartant pour lui dévoiler un gros bonhomme rougeaud pieds et poings liés sur une chaise, je te présente le dénommé Richard, chef des Fantômouche.

Gaston s'attendait à découvrir un Hercule de foire, un type gigantesque dont la bedaine décrite par Amélie n'aurait d'égal que le tour de ses bras. En réalité il avait la tête de M. Tout-le-monde, une calvitie bien avancée et une redingote mal en point. Inconscient, le menton sur la poitrine, l'homme portait une vilaine blessure au front.

– C'est pas un chef, c'est un tyran, intervint Eugénie, dont le visage avait un peu dégonflé. Vous kidnappez les familles de vos hommes pour les obliger à travailler, vous ?

– Non, reconnut le fonctionnaire.

– Vous voyez, décréta la fille.

– Il a tenté de s'échapper ? voulut savoir Gaston en désignant le sang.

– Non. Il ne voulait pas lâcher son or.

– Je vois. En parlant de ça, tenez.

Il tendit la besace à Brévin.

– Le butin d'Amélie. Dedans il y a ce qu'elle m'a pris ainsi qu'à d'autres. On fera les comptes après, là j'ai besoin de m'asseoir.

Sa pâleur s'accentua et son monde se mit à tanguer. Brévin le soutint par l'aisselle et lui trouva une chaise.

– Remets-toi. Tu as été extraordinaire !

Amélie lui tendit un gros morceau de pain tiré d'une corbeille, agrémenté d'un clin d'œil.

– Tiens, aux frais du contribuable.

Gaston croqua dans la mie fraîche. Il n'avait jamais rien mangé de meilleur !

– Si on ne retrouve pas tous les propriétaires de l'argent, vous pourrez rembourser Eugénie ? Elle a perdu son stock de limonade à cause de...

– Je me suis déjà excusée, précisa Amélie à la cantonade, mains levées, plaidant coupable par la même. Pour le coup de pied aussi, ajouta-t-elle avant que Gaston n'intervienne.

Eugénie confirma d'un geste discret, toujours en colère.

– Amélie est gentille, en vrai, lui dit-il. Je l'aime bien, ajouta-t-il avec empressement.

– Parce que tu le dis, je dois te croire sur parole ? On s'est aussi juré mille fois de sortir de la rue, je te signale. Et regarde où on en est, pourtant : toujours sur le pavé.

Gaston se mordit l'intérieur de la joue. Il espérait enfin avoir la solution au principal problème de leur vie. Après tout, Brévin lui devait bien une fière chandelle. La Justice ne pouvait-elle pas leur trouver un toit en échange de ses bons et loyaux services ? Il se tourna vers le commissaire pour lui demander la charité quand on frappa à la porte du local.

– Monsieur le commissaire ? M. le préfet est là.

Brévin se raidit et lissa d'instinct son veston.

– Bien. Merci.

Puis, se tournant vers le jeune trio :

– Excusez-moi. Après l'action, la politique ! Gaston, j'ai juste une question. Soit tu es fou, soit tu es le Parisien le plus brave que je connaisse. Entrer dans la police à ta majorité te tenterait-il ? Je peux influencer le préfet à ce propos.

Alors qu'il tenait là l'occasion de réclamer un logement plutôt qu'un métier, Gaston regarda le fonctionnaire bedonnant avec le plus grand mépris.

– Pour faire quoi ? Protéger les riches et les nantis ? Vous vous moquez de moi ? Quand mes parents sont morts, l'enquête a été classée en dix jours. Ils n'avaient rien, donc ils ne comptaient pas. Enfin ils m'avaient moi, mais je compte moins qu'un gosse de riche, faut croire.

Vexé, Brévin se redressa :

– Très bien, comme tu voudras. Le préfet m'attend. Je clos cette affaire et reviens le plus vite possible pour vous libérer.

– Vu votre façon d'accourir quand on vous siffle, on est plus libres que vous, il me semble, remarqua Eugénie.

Brévin ignora cette dernière estocade et sortit le plus dignement qu'il put. Gaston allait féliciter sa sœur de cœur pour sa belle répartie quand on frappa contre la porte à peine close. Cette journée n'en avait pas terminé avec son lot de surprises. D'instinct, les filles serrèrent les rangs. Un brigadier se chargea d'ouvrir. Un grand chauve avec une large moustache apparut dans l'embrasure.

– Bonjour, je m'appelle Ferdinand Vraumont, je fais partie du Luna Park et je cherche Gaston. Le commissaire m'a dit que je pourrais le trouver ici.

– Monsieur Gaston ? se retourna le brigadier. Quelqu'un vous demande.

– Faites entrer, s'il vous plaît. Je n'ai pas la force de me lever.

Le planton obéit en signalant à l'homme qu'il pouvait s'avancer. Sa carrure était tellement large que le local parut soudain beaucoup plus petit en sa présence. Malgré ses épaules plus rondes que les jambons vendus aux Halles, il se tenait les mains dans les poches avec une timidité bizarre. Comme une seule âme, Amélie, Eugénie et Gaston songèrent qu'il avait déjà eu maille à partir avec les forces de l'ordre, ce qui leur donna aussitôt un avis favorable sur lui. Si Gaston n'aimait pas les voleurs, la vie lui avait appris que rien n'était jamais tout noir ou blanc. La présence d'Amélie à ses côtés en était un énième exemple.

– Je vous connais, dit-il depuis sa chaise entre deux bouchées de pain. Nous nous sommes croisés plusieurs fois aujourd'hui. Vous me cherchiez ?

– En effet, répondit Vraumont. J'ai vu ton petit spectacle tout à l'heure. Très impressionnant, ton numéro avec les échasses.

– Heu... à vrai dire, ce n'était pas...

Une lueur passa dans les pupilles du chauve.

– De l'improvisation ? Encore mieux. Si tu es capable de telles prouesses sans préparation, tu imagines de quoi tu serais capable avec de l'entraînement ?

– Non, m'sieur, avoua Gaston avec honnêteté.

– Évidemment. Vois-tu, je l'imagine bien, moi. Je crois que tu as un certain potentiel. Je m'y connais en la matière, je suis dans le milieu depuis plus de vingt-cinq ans. Si ça t'intéresse, et si tes parents sont d'accord, j'ai du travail à te proposer ici.

– Je vous demande pardon ?

– Il y a du travail pour un artiste comme toi, ici, au Luna Park. Si tu veux, j'irai en parler avec tes parents ? Où est-ce que tu habites ?

Un artiste ? Gaston s'empourpra, bredouilla.

– Je... Je n'ai pas de parents, m'sieur.

– Tu es un gamin des rues ? s'étonna l'homme en levant les sourcils.

– Oui, reconnut le garçon, persuadé que ce statut le desservirait.

– Tu es plutôt bien bâti, constata Vraumont. Tu manges à ta faim ?

– Autant que faire se peut. Je travaille dur pour me nourrir et me loger. Je vis au jour le jour, mais je me débrouille.

– Pour sûr que tu es débrouillard ! Je préfère mille fois ça à de grandes études. Les idées, c'est bien, les actes, c'est mieux.

– Je suis d'accord avec vous, m'sieur Vraumont.

– Appelle-moi Ferdinand. Écoute, dit-il en semblant pris d'une inspiration soudaine, voilà ce que je te propose : du travail, un toit et trois repas par jour qui seront déduits de ta paye. C'est une proposition honnête, promis.

– Quoi comme travail ?

– De la maintenance, principalement. Vérifier, revisser, graisser, changer des pièces quand ce sera nécessaire. Je te préviens, tu travailleras beaucoup en hauteur, mais il me semble que tu n'as pas peur du vide. Qu'est-ce que tu en dis ?

Travailler plus près des oiseaux que de leurs fientes. Gaston ne réfléchit qu'un quart de seconde.

– Oui, mais... Il y a aussi ma sœur, Eugénie. Et mon amie Amélie et sa petite sœur.

– Ta sœur, hein ?

Il riait avec les yeux d'une façon qui changeait Gaston en caramel mou.

– Vous ne vous ressemblez pas tellement, pourtant.

– De physique, non. Mais de caractère, oui. Et une poignée d'enfants valent souvent plus qu'un adulte. La preuve vous en a été faite aujourd'hui, m'sieur !

L'homme acquiesça.

– Débrouillard et responsable, bravo. J'ai de la place pour tout le monde, en effet, mais je n'ai du travail que pour une personne, par contre. Vous devrez composer avec un seul salaire et les frais seront multipliés par le nombre de bouches à nourrir.

– Entendu. C'est toujours mieux que rien.

– Dans ce cas, il faut aussi demander leur avis à ces demoiselles, non ?

Gaston se tourna vers Eugénie.

– Qu'est-ce que tu en pen...

– Oui ! Oui, oui, oui, accepta-t-elle sans détour. J'ai déjà une activité ici, en plus, certains jours de la semaine. Avec l'accord de la direction, s'empressa-t-elle d'ajouter. Je suis la marchande de limonade.

– Ah, c'est toi ? Dans ce cas, on ira te présenter aux Perrier, le couple qui tient la brasserie. Ils auront peut-être une place de serveuse à te proposer, qui sait ? On te fera passer pour ma nièce.

Il joua du coude et de l'œil vers Gaston.

– Et toi, demanda-t-il ensuite à Amélie. Tu en es ? J'ai cru comprendre que tu avais certains talents aussi. Un autre patron sera peut-être preneur pour son attraction.

Gaston pria intérieurement pour qu'elle donne la même réponse. Elle bredouilla :

– Ben…

Eugénie lui prit la main.

– Accepte. Tu verras après.

Gaston lui attrapa l'autre main.

– Pense à Annette.

L'argument fit mouche. Ainsi, à nouveau menottée mais avec les plus jolis bracelets qui soient, Amélie murmura :

– Merci. Je veux bien.

Toute réserve perdue, Ferdinand Vraumont frappa fort dans ses mains.

– Alors, c'est entendu ! Le parc compte donc un nouvel employé et quatre nouveaux pensionnaires dès ce soir ! Vous allez voir, la vie ici est incroyable.

– On vous croit, dirent Eugénie et Gaston d'une seule voix, tandis qu'Amélie avait du mal à retenir ses larmes en leur serrant très fort la main.

Gaston y croyait, effectivement, après cette folle journée démarrée seul et sans le sou et terminée en contemplant son nouveau chez-lui, cette ville enchantée, le Luna Park.

Remerciements :

à Betty Piccioli, pour m'avoir mis sur les rails.

à Delphine Pessin et Damien Galisson pour leurs lectures amicales. Delphine m'a encouragé à sauver Eugénie et Damien a trouvé comment y parvenir.

DANS LA MÊME COLLECTION

Nonna Gnocchi

de Susie Morgenstern

« – Maman, je te le dis cash : je n'y vais pas.

– Et je te le répète tout aussi clairement : tu y vas, un point c'est tout. Je n'ai pas d'autre solution.

– Et les colonies de vacances ?!

– Je pensais que tu détestais ça.

– Oui, c'est vrai, mais je déteste encore plus Mamie.

– Voyons, on ne déteste JAMAIS sa grand-mère !

– Il n'y a pas de loi qui dise que je dois l'aimer.

– Mais qu'est-ce qu'elle t'a fait, à la fin ?

– Elle t'a faite, toi !

– Tu lui en veux ?

– Non, je t'en veux ! Je resterai seul à la maison.

– À neuf ans, ce n'est pas possible. Les services sociaux me mettront en prison et puis tu seras bien barré. Tu seras placé chez des parents adoptifs.

– C'est toujours mieux que chez Mamie.

– Tu y vas. Ce n'est pas négociable !

– Tout est toujours négociable !

– Ça suffit, Confiance ! Tu me fatigues. »

(extrait du chapitre 1)

Les cousins Karlsson, squelettes et démons
de Katarina Mazetti traduit du suédois
par Marianne Ségol-Samoy et Agneta Ségol

« – Alors là, vous exagérez ! s'écrie Julia en tapant du poing sur la table de la cuisine. Vous préférez aller voir des gens qui font la ronde dans l'Himalaya, plutôt que de danser autour du sapin avec vos filles ! Et comment on va fêter Noël, nous ? On va rester ici toutes seules ? Je vais être obligée de me déguiser en père Noël, et Bourdon fera semblant de ne pas me reconnaître ?

Sa petite soeur, surnommée Bourdon, brandit à son tour son petit poing grassouillet, et l'abat sur la table si fort que les tasses à thé sursautent.

– Et pour mangeeeer, hein ? Qui va préparer le repas de Noël ? Les côtes de porc, et puis le jambon, et puis les boulettes de viande et les saucisses grillées...

Elle se tait tout à coup. Elle vient de se rappeler qu'elle est devenue végétarienne.

– Enfin, comment on va faire pour les biscuits au gingembre et les brioches au safran et... la bouillie de Noël. EN TOUT CAS, c'est pas Julia qui fera la cuisine, elle ne sait même pas faire du thé sans le brûler ! »

(extrait du chapitre 1)

3, impasse des Mimosas

de Sarah Turoche-Dromery

« – Ouiinnnnn ! Ouiiiinnnnnnn...

J'arrête la construction de mon vaisseau en Lego et je me penche sur le berceau. Tout au fond, emprisonné dans sa gigoteuse, se tortille mon petit frère. Il est vraiment moche avec sa bouche sans dents grande ouverte, ses deux mèches noires collées sur son front par la sueur et un épi qui se dresse derrière la tête. Il s'arrête un instant de pleurnicher, retient son souffle. Son visage passe au rouge écarlate, ses petits poings se serrent. Ça, c'est le signe que la sirène puissance alerte maximale est sur le point de se déclencher. Je me bouche les oreilles avant que ses cris ne me transpercent le crâne. 3... 2... 1! C'est parti. Comment est-ce possible d'être aussi petit et de brailler aussi fort?

La porte s'ouvre. Maman se précipite. D'un geste habile, elle attrape le lombric et le cale à plat ventre sur son bras. Je me demande s'il va vomir, suspendu comme ça, la tête vers le sol. Mais non. Il suffit que maman le berce et lui caresse le dos pour que les pleurs diminuent. S'espacent. Cessent enfin.

J'écarte mes mains et grogne :

– Il va rester encore longtemps dans ma chambre? Je ne peux même plus jouer tranquillement. C'est un concert permanent de rots, de pleurs et de ronflements.

– Sam ! supplie maman. Gaspard est un bébé. Il va grandir. Sois un peu patient.

– Mais je vais finir sourd ! Et malade à force de respirer ses pets puants.

Maman soupire. »

(extrait du chapitre 1)

Lézardman et moi

de Youri de Paz

« Mon père est un superhéros.

C'est bizarre, je sais, à peine croyable. Moi-même, je n'arrive toujours pas à m'y faire. Il a le teint verdâtre, une puissante langue très extensible capable d'assommer un mammouth, et ses mains, ses bras et ses jambes repoussent en cas de coupure. En plus de ça, il peut grimper aux murs, courir à deux cents kilomètres à l'heure, faire des bonds de trente ou quarante mètres et manier à la perfection un pistolet laser qu'il a fabriqué lui-même. Bref, papa est un mélange de Lucky Luke et de lézard géant. D'où son surnom : Luke Lézard ou Lézardman (c'est moi qui ai trouvé).

Malheureusement, à cause de ces super-pouvoirs, il combat les méchants sept jours sur sept, vingt-quatre heures sur vingt-quatre. J'ai beau lui dire que c'est le travail des policiers, il passe son temps dehors à surveiller la ville. Infatigable justicier, il pourchasse les voleurs et les assassins, tous ceux qui font du mal aux autres ou s'en prennent aux plus faibles.

Il s'est mis dans la tête que c'était son destin.

Impossible de le faire changer d'avis ou de le raisonner (croyez-moi, j'ai essayé au moins mille fois).

Résultat : on se croise à peine le matin (jamais le soir). On prend de temps en temps le petit-déjeuner ensemble. Je le prépare la veille, à l'heure du coucher. Pour lui, deux bourdons grillés bien salés, des abdomens de cigales en salade et trois scarabées sans sucre (les lézards en raffolent). Pour moi, des céréales dans un bol de lait chaud. On échange parfois quelques mots. »

(extrait du chapitre 1)